最恐怖的怪物并非来自外界，

而是潜伏在我们灵魂深处。

黑猫

THE BLACK CAT

THE COMPLETE TALES OF EDGAR ALLAN POE

[美国] 埃德加·爱伦·坡 著

曹明伦 译

译林出版社

图书在版编目（CIP）数据

黑猫 / (美) 埃德加·爱伦·坡 (Edgar Allan Poe) 著 ; 曹明伦译. -- 南京 : 译林出版社, 2025. 5. (爱伦·坡小说全集). -- ISBN 978-7-5753-0497-9

Ⅰ. I712.45

中国国家版本馆 CIP 数据核字第 2025DX1489 号

黑猫　[美国] 埃德加·爱伦·坡 / 著　曹明伦 / 译

责任编辑　张紫毫
装帧设计　好谢翔
校　　对　梅　娟
责任印制　颜　亮

出版发行　译林出版社
地　　址　南京市湖南路 1 号 A 楼
邮　　箱　yilin@yilin.com
网　　址　www.yilin.com
市场热线　025-86633278
排　　版　南京新华丰制版有限公司
印　　刷　苏州市越洋印刷有限公司
开　　本　850 毫米 ×1168 毫米　1/32
印　　张　6.625
插　　页　2
版　　次　2025 年 5 月第 1 版
印　　次　2025 年 5 月第 1 次印刷
书　　号　ISBN 978-7-5753-0497-9
定　　价　32.00 元

目　　录

黑　猫

对于我正要写出的这个荒诞不经但又朴实无华的故事，我既不期待也不乞求读者相信。若是我期望别人相信连我自己的理性都否认其真实性的故事，那我的确是疯了。然而我并没有发疯，而且也确信自己不是在做梦。可是我明天就将死去，我要在今天卸下我灵魂的重负。我眼下的目的就是要把一连串纯粹的居家琐事直截了当、简明扼要且不加任何评论地公布于众。正是由于这些琐事的缘故，我一直担惊受怕，备遭折磨，终至毁了自己。但我并不试图对这些事详加说明。对我而言，这些事几乎只带给我恐怖。但对许多人来说，它们也许显得并不那么恐怖，而是显得离奇古怪。说不定将来会发现某种能把我这番讲述视为等闲之事的理智，某种比我的理性更从容、更有逻辑、更不易激动的理智，它会看出我现在怀着敬畏之情所讲述的这些详情不过是一连串普普通通且自然而然的原因和结果。

我从小就以性情温顺且富于爱心而闻名。我心肠之软可谓众所周知，这甚至使我成了伙伴们的笑柄。我特别喜欢动物，父母便给我买了各种各样的小动物让我高兴。我大部分时间都和那些小动物待在一起，没有什么能比喂养和抚摸小动物更让人感到快乐。这种性格上的怪癖随着我的成长而逐渐养成，待我成年之后，它成了我获取快乐的一个主要来源。对那些能珍爱忠实伶俐的狗的人们来说，我几乎无须费神去解释那种快乐的性质和强度；而对那些已饱尝人类薄情寡义滋味的人们，动物那种自我牺牲的无私之爱中自有某种东西会使其刻骨铭心。

我很早就结了婚，并欣喜地发现妻子与我性情相似。她见我豢养宠物，便从不放过能弄到其优良品种的任何机会。我们有雀鸟、金鱼、兔子、一条良种狗、一只小猴和一只猫。

那只猫个头挺大，浑身乌黑，模样可爱，而且聪明绝顶。在谈到它的聪明时，我那位内心充满迷信思想的妻子往往会提到那个古老而流行的看法，认为所有的黑猫都是女巫的化身。这并不是说她对这种看法非常认同，而我之所以提到此事，更多的是因为我刚才恰好记起了此事。

普路托，这是那只猫的名字，是我宠爱的动物和朋友。我单独喂养它，而它不论在屋里屋外都总是跟在我身边。我甚至很难阻止它跟着我一道上街。

我们的友谊就这样延续了好几个年头，在此期间，由于嗜酒成癖（我羞愧地承认这点），我通常的脾气和秉性经历了朝坏的方向的急剧变化。日复一日，我变得越来越喜怒无常，烦躁不安，越来越无视别人的感情。我居然容忍自己对妻子使用恶言秽语。后来甚至对她拳打脚踢。当然，我那些宠物也渐渐感到了我性情的变化。我不仅忽略它们，而且还虐待它们。然而，对普路托我仍然保持着足够的关心，我克制自己不像对其他宠物一样粗暴地对待它，而对那些兔子，对那只猴子，甚至对那条狗，不管它们是偶然经过我跟前还是有意来和我亲热，我都毫无顾忌地虐待它们。但我的病情日渐严重。还有什么病比得上酗酒呢！到后来甚至连由于衰老而变得有几分暴躁的普路托也开始尝到我坏脾气的滋味。

一天晚上，我在城里一个常去之处喝得烂醉。回到家时，我觉得那只猫在躲避我。我一把将它抓住，它被我的暴虐所惊吓，便轻轻地在我手上咬了一口，使我受了一点轻伤。我顿时勃然大怒而且怒不可遏，一时间变得连我自己都不认识自己。我固有的灵魂似乎一下子飞出了躯壳，而一种由杜松子酒滋养的最残忍的恶意渗透了我躯体的每一丝纤维。我从背心口袋里掏出一把小刀，一手将其打开，一手抓紧那可怜畜生的咽喉，不慌不忙地剜掉了它一只眼睛！在我写下这桩该被诅咒的暴行之时，我面红耳赤，我周身发热，我浑身发抖。

当理性随着清晨而回归，当睡眠平息了我夜间放荡引发的怒气，我心中为自己所犯下的罪行产生了一种又怕又悔的情感，但那至多不过是一种朦胧而暧昧的感觉，我的灵魂依然无动于衷。我又开始纵酒狂饮，并很快就用酒浆淹没了我对自己所作所为的记忆。

与此同时，那只猫渐渐痊愈。它被剜掉了眼珠的那个眼窝的确显得可怕，但它看上去已不再感到疼痛。它照常在屋里屋外各处走动，可正如所能预料的一样，它一见我走近就吓得仓皇而逃。我当时旧情尚未完全泯灭，眼见一个曾那么爱我的生灵而今如此明显地讨厌我，我开始还感到过一阵伤心。但这种伤感之情不久就被愤怒之情所取代。接着，仿佛是要导致我最终不可改变的灭亡，那种“反常心态”出现了。哲学尚未论及这种心态。然而，就像我相信自己的灵魂存在，我也相信反常是人类心灵原始冲动的一种，是决定人之性格的原始官能或原始情感所不可分割的一个组成部分。谁不曾上百次地发现自己做一件恶事或蠢事的唯一动机就仅仅是因为他知道自己不该为之？难道我们没有这样一种永恒的倾向：正是因为我们明白那种被称为“法律”的东西是怎么回事，我们才无视自己最正确的判断而偏偏要去以身试法？就像我刚才所说，这种反常心态导致了我最后的毁灭。正是这种高深莫测的心灵想自寻烦恼的欲望，想违背其本性的欲望，想只为作恶而作恶的欲望，驱使我继续并最后完成了对那个无辜生灵的伤害。一天早晨，我并非出于冲动地把一根套索套上它的脖子并把它吊在了一根树枝上。吊死它时我两眼噙着泪花，心里充满了痛苦的内疚。我吊死它是因为我知道它曾爱过我，并因为我觉得它没有给我任何吊死它的理由。我吊死它是因为我知道那样做是在犯罪，一桩甚至会使我不死的灵魂来生转世于猫的滔天大罪（如果这种事可能的话），一种甚至连最仁慈也最可畏的上帝也不会宽恕的深重罪孽。

就在我实施那桩暴戾的当天晚上，我在睡梦中被一阵救火的喊叫声惊醒。床头的幔帐已经着火。整幢房子正在燃烧。我和我妻子以及一个仆人好不容易才从那场大火中死里逃生。那场毁灭非常彻底。我所有的财产都化为了灰烬，而从那之后我就陷入了绝望的境地。

我现在并不是企图要在那场灾难和那桩暴行之间找到一种因果关系。但我要详细讲述一连串事实，并希望不要漏掉任何一个可能漏掉的环节。火灾的第二天，我去看了那堆废墟。除了一个例外，墙壁全都倒塌。那个例外是一堵不太厚的隔墙,它处在房子的中央,原来我的床头就靠着它。墙面的泥灰在很大程度上抵御了烈火对墙的摧毁。我把这归因于泥灰是新近涂抹的。那堵墙跟前聚集着一大堆人，其中许多正在仔仔细细地查看墙上的某个部分。人群中发出的“奇哉”“怪哉”和诸如此类的惊叹激起了我的好奇心。我走上前一看，但见白色的墙面上好像有一幅浅浅的浮雕，形状是一只硕大的猫。那猫被雕得惟妙惟肖，脖子上还绕着一根绞索。

当我第一眼看到那个幻影之时（因为我还不至于把它视为乌有），我的惊讶和恐惧都到了无以复加的地步。但回忆又终于令我释然。我记得那只猫是被吊在屋子旁边的一个花园里。发现起火之后，花园里立刻挤满了人，肯定是有人砍断了吊猫的套索，从一扇开着的窗户把猫扔进了我的卧室。他这样做也许是为了把我唤醒。其他墙壁的倒塌把我暴虐的牺牲品压进了刚刚涂抹的泥灰。石灰、烈火加上尸骸发出的氨，相互作用便形成了我所看见的浮雕。

尽管我就这样轻而易举地对我的理性（如果不完全是对我的良心）解释了刚才所讲述的那个惊人事实，但该事实并非没有给我的想象力留下一个深刻的印象。一连好几个月我都没法抹去那只猫的幻影。而在此期间，我心中又滋生出一种像是悔恨又不是悔恨的混杂的感情。我甚至开始惋惜失去了那只猫，并开始在我当时常去的那些下等场合寻找一只多少有点像它的猫，以填补它原来的位置。

一天晚上，当我昏昏沉沉地坐在一家臭名昭著的下等酒馆里时，我的注意力忽然被一团黑乎乎的东西所吸引，那团黑乎乎的东西在一个装杜松子酒或朗姆酒的大酒桶上，而那个酒桶是那家酒馆里最醒目的摆设。我注意看那个酒桶上方已经有好几分钟，而使我惊奇的是刚才竟然一直没发现上面有个东西。我走到酒桶跟前，伸手摸了摸那东西。它原来是一只黑猫，一只个头很大的猫，足有普路托那么大，而且除了一点之外，其他各方面都长得和普路托一模一样。普路托浑身上下没一根白毛，可这只猫胸前，却有一块虽说不甚明显但大得几乎覆盖整个胸部的白斑。

我一摸它，它马上就直起身来，一边发出呼噜噜的声音，一边用身子在我手上磨蹭，好像很高兴我注意到它。看来它就是我正在寻找的那只猫。我当即向酒馆老板提出要把它买下，可老板说那只猫不是他的。他对那猫一无所知，而且以前从不曾见过。

我继续抚摸了它一阵，而当我准备回家时，那只猫表示出要随我而去的意思。我允许它跟着我走，一路上我还不时弯下腰去摸摸它。它一到我家就立即适应了新的环境，而且一下子就赢得了我妻子的宠爱。

至于我自己，我很快就发现我对它产生了一种厌恶之情。这与我原来预料的正好相反，但是，我不知道是怎么回事，也不知道为何至此，它对我明显的喜欢反而使我厌腻，使我烦恼。渐渐地，这种厌烦变成了深恶痛绝。我尽量躲着它，一种羞愧感和对我上次暴行的记忆阻止了我对它进行伤害。几个星期以来，我没有动过它一根毫毛，也没有用别的方式虐待它，但渐渐地，我变得一看见它那丑陋的模样就有一种说不出的憎恶，我就像躲一场瘟疫一样悄悄地对它避而远之。

毫无疑问，使我对那只猫越发憎恶的原因在于我把它领回家的第二天早晨竟发现它与普路托一样也被剜掉了一只眼睛。不过这种情况只能使它深受我妻子的钟爱。正如我已经说过的一样，我妻子具有那种曾一度是我的显著特点并是我获取天趣之乐之源泉的博爱之心。

然而，虽说我厌恶那只猫，可它对我似乎越来越亲热。它以一种读者也许难以理解的执着，寸步不离地跟在我身边。只要我一坐下，它就会蹲在我椅子旁边或者跳到我膝上，以它那股令人讨厌的亲热劲儿在我身上磨蹭。如果我起身走路，它会钻到我两腿之间，曾经险些把我绊倒。要不然它就用又长又尖的爪子抓住我的衣服，顺势爬到我胸前。每当这种时候，我都恨不得一拳把它揍死，但每次我都忍住没有动手，这多少是因为我对上次罪行的记忆，但主要是因为（让我马上承认吧）我打心眼里怕那个畜生。

这种怕不尽然是一种对肉体痛苦的惧怕，但我不知此外该如何为它下定义。我此时也几乎羞于承认（是的，甚至在这间死牢里我也羞于承认）当时那猫在我心中引起的恐怖竟然因为一种可以想象的纯粹的幻觉而日益加剧。我妻子曾不止一次地要我注意看那块白毛斑记的特征，我已经说过那块白斑是这只奇怪的猫与被我吊死的普路托之间唯一看得出的差别。读者可能还记得这块白斑虽然很大却并不十分明显。但后来慢慢地（慢得几乎难以察觉，以至我的理性在很长一段时间内都竭力把那种缓慢变化视为幻觉），那块白斑终于呈现出一个清清楚楚的轮廓。那是一样我一说到其名称就会浑身发抖的东西的轮廓。由于这一变化，我更加厌恶也更加害怕那个怪物。要是我敢，我早就把它除掉了。如我刚才所说，那是一个可怕的图形，一件可怕的东西的图形，一个绞刑架的图形！哦，那恐怖和罪恶的、痛苦和死亡的、令人沮丧和害怕的刑具！这下我实在是成了超越人类之不幸的最不幸的人。一只没有理性的动物，一只被我若无其事地吊死了其同类的没有理性的动物，居然为我（一个按上帝的形象创造出来的人）带来了那么多不堪忍受的苦恼！天哪！无论是白天还是黑夜，我再也得不到安宁的祝福！在白天，那家伙从不让我单独待上一会儿；而在夜里，我常常从说不出有多可怕的噩梦中惊醒，发现那家伙正在朝我脸上呼出热气，发现它巨大的重量（一个我没有力量摆脱的具有肉体的梦魇）永远压在我的心上！在这种痛苦的压迫下，我心中仅存的一点善性也彻底泯灭。邪念成了我唯一的密友，那种最最丧心病狂的邪念。我原来喜怒无常的脾性发展成了对所有事和所有人的怨恨憎恶。而在我任凭自己陷入的一种经常突然发作的狂怒之中，我毫无怨言的妻子，哦，天哪！我毫无怨言的妻子则是最经常、最宽容的受害者。

一天，为了某件家务事她陪我一道去我们由于贫穷而被迫居住的那幢旧房子的地窖。那只猫跟着我下陡直的阶梯，并因差点儿绊我一跤而令我气得发疯。狂怒中我忘记了那种使我一直未能下手的幼稚的恐惧，我举起一把斧子，对准那只猫就砍，当然，如果斧头按我的意愿落下，那家伙当场就会毙命。但这一斧被我妻子伸手拦住了。这一拦犹如火上浇油，使我的狂怒变成了真正的疯狂，我从她手中抽回我的胳膊，一斧子砍进了她的脑袋。她连哼也没哼一声就倒下死去。

完成了这桩可怕的凶杀，我立即开始仔细考虑藏匿尸体的事。我知道不管是白天还是晚上，我要把尸体搬出那房子都有被邻居看见的危险。我心里有过许多设想。一会儿我想到把尸体剁成碎片烧掉。一会儿我又决定在地窖里为它挖个坟墓。我还仔细考虑过把它扔进院子里那口井，考虑过按杀人者通常的做法把尸体当作货物装箱，然后雇一名搬运工把它搬出那幢房子。最后，我终于想出了一个我认为比其他设想都好的万全之策。我决定把尸体砌进地窖的墙里，就像书中所记载的中世纪僧侣把他们的受害者砌进墙壁一样。

那个地窖派这样一种用场真是再合适不过了。它的墙壁结构很松，而且新近用一种粗泥灰抹过，由于空气潮湿，新抹上的泥灰还没有变硬。此外，其中一面墙原来有一个因假烟囱或假壁炉而造成的突出部分，后来那面墙被填补抹平，其表面与地窖的其他墙壁没有两样。我相信我能够轻易地拆开填补部分的砖头，嵌入尸体，再照原样把墙砌好，保管做得叫任何人都看不出丝毫破绽。

这一番深思熟虑没有令我失望。我轻而易举地就用一根撬棍拆开了那些砖头，接着我小心翼翼地置入尸体，使其紧贴内墙保持直立的姿势，然后我稍稍费了点劲儿照原样砌好了拆开的墙。为了尽可能地防患于未然，我弄来了胶泥、沙子和头发，搅拌出了一种与旧泥灰别无二致的抹墙泥，并非常仔细地用这种泥灰抹好了新砌的墙面。完工之后，我对一切都非常满意。那面墙丝毫也看不出被动过的痕迹。地上的残渣碎屑也被我小心地收拾干净。我不无得意地环顾四周，心中暗暗对自己说："看来我这番辛苦至少没有白费。"接下来我就开始寻找那个造成了这么多不幸的罪魁祸首，因为我终于下定了决心，非要把那畜生置于死地。要是我当时能够找到那只猫，那它肯定必死无疑。可那狡猾的家伙似乎是被我刚才那番狂暴之举所惊吓，知趣地自个儿避开了我那阵雷霆之怒。简直没法形容或想象那只可恶的猫之离去为我带来的那种令人心花怒放的轻松感。它整整一晚上都没有露面。这样，自从它被我领进家门以来，我终于酣畅而平静地睡了一夜。

唉，甚至让灵魂承受着行恶之重负睡了一夜！

第二天和第三天相继而过，那个折磨我的家伙仍没有回来。我再次作为一个自由人而活着。那怪物已吓得永远逃离了这幢房子！我再也不会见到它的踪影！我心中的快乐无以复加！我犯下的那桩罪孽很少使我感到不安。警方来进行过几次询问，但都被我轻而易举地搪塞过去。他们甚至还来进行过一次搜查，但结果当然是什么也没发现。我认为自己的前景已安然无忧。

在我杀害妻子之后的第四天，一帮警察非常突然地到来，对那幢房子又进行了一番严密的搜查。不过我确信藏尸的地方他们连做梦也想不到，所以我一点儿不感到慌张。那些警察要我陪同他们搜查。他们连一个角落也不放过。最后，他们第三次或是第四次走下地窖。我泰然自若，神色从容。我的心跳就像清白无辜者在睡梦中时那样平静。我从地窖的这端走到那头。我把双臂交叉在胸前，优哉游哉地踱来踱去。那些警察消除了怀疑正准备要走。这时我心中那股高兴劲儿已难以压抑。我忍不住要开口，哪怕只说一句话，以表示我的得意之情，让他们更加确信我清白无罪。

"先生们，"就在他们踏上台阶之际我终于开了口，"我很高兴消除了你们的怀疑。我祝你们大家身体健康，并再次向诸位表示我微薄的敬意。顺便说一句,先生们,这,这是一座建筑得很好的房子。”(在一种想使语言流畅的疯狂欲望之中,我几乎不知道自己都说了些什么。)“请允许我说这是一座建筑得最好的房子。这些墙……要走吗,先生们?这些墙砌得十分牢固。”说到这儿,出于一种纯粹虚张声势的疯狂,我竟然用握在手中的一根手杖使劲敲击其后面就站着我爱妻尸体的那面墙拆砌过砖头的部分。

但愿上帝保佑,救我免遭恶魔的毒手!我敲击墙壁的回响余音刚落,壁墓里就传出一个回应我的声音!一个哭声,开始低沉压抑且断断续续,就像是一个小孩在抽噎,随之很快就变成了一声长长的、响亮的而且持续不断的尖叫,其声怪异,非常人之声。那是一种狂笑,一种悲鸣,一半透出恐怖,一半显出得意,就像只有从地狱里才可能发出的那种声音,就像因被罚入地狱而痛苦的灵魂和因灵魂坠入地狱而欢呼的魔鬼共同从喉咙里发出的声音。

现在要来说我的想法可真愚蠢。我当时昏头昏脑,踉踉跄跄地退到对面墙根。由于极度的惊恐和敬畏,台阶上那帮警察一时间呆若木鸡。其后十几条结实的胳膊忙着拆那面墙。墙被拆倒。那具已经腐烂并凝着血块的尸体赫然直立在那帮警探眼前。在尸体的头上正坐着那个有一张血盆大口和一只炯炯独眼的可怕的畜生，是它的狡猾诱使我杀害了妻子，又是它告密的声音把我送到了刽子手的手中。原来我把那可怕的家伙砌进了壁墓！

跳蛙

我真不知有谁像国王这样如此酷爱玩笑。他活着似乎就仅仅是为了说笑开心。讲一个新鲜的笑话，并讲得妙趣横生，这便是得到他恩宠的可靠保证。于是他的七名大臣正好都是说笑逗趣的著名高手。同时他们全都效法国王，不仅调谑逗哏无与伦比，而且个个长得腰圆膀粗，脑满肠肥。人到底是因为开玩笑才长得肥胖，还是肥胖中本身就含有某种说笑的元素，对这个问题我从来就不敢妄加评论，但有一点可以断言，一个瘦骨伶仃的说笑者肯定是件稀世珍宝。

这位国王很少劳神费心去咬文嚼字，按他的说法是不要那份“鬼”聪明。他格外赞赏把笑话讲得粗犷雄浑，而且为此往往容忍笑话的长度。过分的精妙令他厌烦。他宁愿读拉伯雷的《巨人传》也不愿读伏尔泰的《查第格》。而大体说来，恶作剧远比说笑话更对他的胃口。

在我这个故事发生的年代，职业小丑在宫廷中尚未完全过时，欧洲有好几个“大国”依然养着“弄臣”，他们身穿杂色花衣，头戴系铃尖帽，随时准备着粉墨登场，插科打诨，以答谢御桌上赐下的几片面包。

我们的国王陛下当然保留着他的“弄臣”，事实上他需要某种傻气痴态，以便能平衡他那七名贤臣了不起的智慧，更不用说弥补他自己那份天资。

他那位弄臣，或者说职业小丑，不仅仅是傻气十足，而且还是个侏儒，一个瘸子，所以他在国王眼里便身价三倍。在当时的宫廷中，侏儒就和小丑弄臣一样寻常。若是既无小丑赔笑又无侏儒逗乐，许多君王就会觉得日子难挨（宫中的日子比外边稍微长一点）。但正如我刚才所说，所谓的小丑弄臣十之八九都腰圆膀阔，呆头呆脑，所以眼见跳蛙（此乃该弄臣的名字）一人具有三种天赋，我们的国王陛下真是格外扬扬自得。

我相信“跳蛙”这名字并非那个侏儒受洗礼时由其教父教母所命，而是因为他不能像常人一般走路，结果由那七名大臣一致同意后赐给。实际上跳蛙只能用一种穿花舞步行进，走起路来又像在跳，又像在扭。这种步态让国王看得乐不可支，当然也给了他极大的安慰，因为尽管他长得大腹便便，而且脑门上天生隆起一大块，可满朝文武都公认他有第一流的体态。

虽说跳蛙由于两腿畸形，走路得竭尽全力克服重重困难，但似乎是为了弥补其下肢的缺陷，造物主给了他双臂巨大的力量，使他能在树木绳索之类可攀援的物体上进行各种异常敏捷的技艺表演。而在这种情况下。他无疑更像松鼠或小猴，而不像一只青蛙。

我没法准确地说出跳蛙当初是来自哪个国度。不过他肯定是来自某个闻所未闻的蛮荒之地，一个离我们国王的宫廷很远很远的地方。和他同时进宫的还有一位年轻姑娘，这姑娘差不多与他一般矮小（不过她身材匀称，擅长舞蹈），他俩原本住在那遥远国度里两个毗邻的省份，后来国王麾下的一名常胜将军分别把他们掳来，双双作为礼物献给了国王。

在这种情况下，两个小俘虏之间产生亲密的友情当然不足为奇。事实上他俩不久就指天盟誓成了兄妹。跳蛙虽有一身本事供人取乐，但若不是为特丽佩塔帮忙的事几乎被他一手包揽，他在宫中绝不会深得人心。而特丽佩塔虽说身材矮小，却容貌秀丽，举止优雅，所以在宫中受到了普遍的倾慕和宠爱，因此她具有很大的影响，而无论何时，只要可能，她都绝不会不为跳蛙的利益运用这种影响。

在一个盛大节日来临之际（我忘了是什么节日），

国王决定举办一次化装舞会。而每逢我们宫中有化装舞会之类的活动，跳蛙和特丽佩塔的才干肯定都会被充分发挥。尤其是跳蛙在张罗舞会庆典,构想新鲜角色，以及安排服装面具方面都具有丰富的想象力，以至于没他帮手，似乎什么事也办不成。

为舞会指定的那个夜晚终于降临。一个豪华大厅早已在特丽佩塔的监督下做好各种各样的安排。这些安排足以为化装舞会增色添光。宫廷上下都早已经迫不及待。说到穿什么衣服戴什么面具，可以认为每个人都拿定了主意。许多人早在一个星期乃至一个月前，就已经决定了要装扮成什么角色。实际上除了国王和七名大臣，宫中已几乎没人还在犹豫。我不可能知道国王和大臣为何犹豫不决，除非他们这样做是在开玩笑。但很有可能是因为长得太胖，所以他们才觉得很难拿定主意。可时间无论如何也照样飞逝，最后迫于无奈，他们召来了特丽佩塔和跳蛙。

当这一对矮小的朋友奉旨上殿面君，他们看见君王正和他的七名内阁大臣围着酒席而坐，不过君王看上去显得郁郁寡欢。他知道跳蛙不爱饮酒，因为这可怜的瘸子一沾酒就几乎要发疯，而发疯并非一种愉快的感觉。但那国王就爱恶作剧，并喜欢强迫跳蛙喝酒，按他的说法是“快活快活”。

“过来，跳蛙，”那小丑和他的朋友一进殿国王就对他说，“为你家乡朋友们的健康干了这杯（跳蛙闻言叹了口气），然后给我们出出主意。我们要角色，角色，伙计！要新鲜别致、与众不同的角色。没完没了的老一套我们已经厌了。喂，喝吧！这酒会使你头脑清醒。”

跳蛙像平时一样，尽力想说句笑话以答谢君王的隆恩，但这次实在太难为他了。那天碰巧是这位可怜侏儒的生日，那道为他“家乡朋友们”干杯的圣旨使他眼里一下子涌上了泪花，当他恭顺地从那暴君手中接过酒杯时，大颗大颗辛酸的眼泪滴进了杯中。

“哈！哈！哈！哈！”暴君狂笑，侏儒在狂笑声中勉强吞下了那杯苦酒。“看一杯美酒有多大的作用！瞧，你的眼睛都发亮了！”

可怜的家伙！他那双大眼睛与其说是发亮，还不如说是闪光，因为对他过敏的大脑来说，酒的作用与其说是强烈，不如说是立刻见效。他神经质地把空杯放到桌上，半痴半呆地扫视那君臣八人。他们似乎都为国王“玩笑”的成功而觉得非常有趣。

“现在说正事吧。”肥头大耳的首相说。

“对，”国王说：“喂，跳蛙，给我们出出主意。角色，我的好伙计，我们迫切需要角色，我们都需要角色。哈！哈！哈！”因为国王是在一本正经地说笑，所以他的笑声得到了七名大臣的一致附和。

跳蛙也笑了，尽管有气无力而且多少有点茫然。

“喂,喂,” 国王不耐烦地问,“你就啥也想不出来?”

“我正在使劲儿想新鲜花样。” 侏儒答得心不在焉，因为那杯酒把他给灌迷糊了。

“使劲儿想！” 暴君怒然问道:“你这话是什么意思?啊，我明白了。你不高兴，想再来杯酒。来吧，把这杯喝了！” 国王说着又倒满一杯酒凑到跳蛙跟前，跳蛙只是呆呆地盯着酒杯，一时间吓得透不过气来。

“喝呀，我说！” 残忍的暴君厉声吼道，“不然就见鬼去！”

侏儒还是依违不决。国王气得脸色发紫。七名大臣嘿嘿干笑。这时脸色苍白的特丽佩塔移步走向御座，跪在了君王跟前，恳求他开恩饶了她的朋友。

那暴君盯着她打量了好一阵。显然是对她的大胆感到惊异。他似乎一时间完全不知所措，不知该如何最恰当地发泄胸中的怒火。最后他一声没吭，只是猛然把那姑娘从他身旁推开，并把满满一杯酒泼在了她脸上。

可怜的姑娘挣扎着从地上爬起，甚至连大气都没敢出一口便重新站回到御桌的下端。

霎时间屋里一片死寂，静得连一片树叶或羽毛落地都可能被听见。可大约半分钟之后。这片静寂被一阵低沉却刺耳的拖长的嘎嘎声打破，声音仿佛同时从那房间的每一个角落里传出。

“你，你，你，你干吗弄出这种怪声？”国王狂怒地转向侏儒，厉声问道。

后者此时看上去酒已醒了八成，他目不转睛却从容不迫地盯着暴君的脸，矢口否认说：“我……我？这怎么可能是我？”

“这声音像是从外面传来的，”一名大臣对国王说，“依臣之见，是窗外那只鹦鹉在笼栅上磨它的嘴。”

“不错，”君王应道，那名大臣的提醒似乎令他如释重负，“但以一名骑士的名誉担保，我完全可以发誓说是这个无赖在咬牙切齿。”

此时侏儒忽然放声大笑（国王说笑的立场是那么坚定，所以绝不会反对任何人的笑声），露出一口硕大的、有力的、极其丑陋的牙齿。更有甚者，他宣称他非常乐意喝酒，要他喝多少就喝多少。君王顿时息怒。而跳蛙果然把另一杯酒一饮而尽，并且没产生丝毫明显的恶果，接着他马上热心地谈起了他的化装计划。

“我不知怎么就想到了这个主意，”他说得非常平静，仿佛他压根儿就滴酒未沾，“但就在陛下您打了这位姑娘之后，就在您把酒泼在她脸上之后，就在陛下您干完这件事之后，而且正当窗外那只鹦鹉发出怪声之时，我突然想到了一个绝妙的玩法，我老家的一种游戏，我们那儿的人在化装舞会上常常这么玩。不过这种玩法在这儿倒绝对新鲜。可惜它无论如何得八个人同时玩。而且……”

“我们就在这儿！”国王嚷道，并为自己敏锐地发现了这一巧合而笑逐颜开，“不多不少刚好八个，寡人和这七名大臣。快说！那是种什么游戏？”

“我们管它叫‘八只戴铁链的猩猩’，”跳蛙回答说，“要是装扮得好，那真是妙不可言。”

“咱们就玩这个。”国王说着挺直了身子，眯缝起眼睛。

“这游戏的妙处就在于，”跳蛙继续道，“在女人堆里造成的惊恐。”

“妙！”君臣八人齐声狂笑。

“我会把你们装扮成猩猩的，”侏儒接着往下说，“一切都交给我吧。装扮后那股像劲儿真可谓惟妙惟肖，参加舞会的人肯定会把你们当成真正的猩猩。当然，他们不仅会惊得目瞪口呆，而且会吓得魂飞魄散。”

“哦，这真是太妙了！”国王大声嚷道，“跳蛙！朕日后会让你出人头地的。”

“拴上铁链是为了用其刺耳的声音来增加混乱。你们会被认为是从你们的饲养人那里一起逃出来的。陛下您简直难以想象其效果，化装舞会上突然闯进八只铁链拴着的猩猩，而大多数人都以为它们真是野兽。这些家伙会凶悍地嚎叫着横冲直撞，扑向那些衣冠楚楚或花枝招展的绅士淑女。那种显著的效果真是无可比拟。”

“肯定是这样，”国王说，（由于天色渐晚）大家匆匆起身开始实施跳蛙的计划。

跳蛙把那伙人扮成猩猩的方法非常简单，装扮的效果却足以达到目的。在这个故事发生的年代，文明世界里很少有人见过我们所说的这种动物，而跳蛙化装出来的猩猩足够像野兽，并且比野兽还狰狞三分，所以它们的逼真可以被认为万无一失。

他先让国王和七名大臣穿上弹力紧身衣裤，然后将他们浑身上下涂满柏油。这时有人建议往柏油上粘上羽毛，但这一建议马上就被跳蛙否决，他随之就用明显的实例使君臣八人确信，用亚麻来装扮猩猩之类动物的棕毛，其视觉效果足以乱真。于是乎那层柏油上面又粘上了厚厚一层亚麻。接着取来一根长长的铁链。跳蛙先将铁链在国王腰间绕一圈并拴牢，然后又绕过一名大臣腰间并也同样拴牢，此后便如法炮制，依次拴好其余六人。待这君臣八人被拴成一串之后，跳蛙又让他们尽可能地隔开站好。这样他们便站成了一个圆圈，而为了让一切都显得自然，跳蛙又按照当今婆罗洲人捕获黑猩猩或其他巨猿的方式，把剩下的那截铁链一横一竖直角相交在圆圈内拴成了一个十字。

举行化装舞会的地方是个圆形大厅，大厅的屋顶很高，白天的采光全凭开在屋顶中央的一个天窗。在晚上（该厅尤其是为晚上使用而设计），大厅的照明主要靠一个巨大的枝形吊灯。吊灯由一条从天窗正中垂下的铁链悬吊，其升降则像通常一样由一个平衡装置操纵，但（为了雅观）这个平衡装置被装在穹顶之外的屋顶之上。

大厅的布置历来都是交由特丽佩塔监督，但在一些具体细节上，她似乎从来都是按她那位侏儒朋友的意见办理的。这次在他的建议下，那盏枝形吊灯被取掉，因为在这么暖和的季节，吊灯里的烛泪难免会滴下，那样就会弄脏客人们华丽的衣裙，届时大厅里将会十分拥挤，不可能指望大家都避开大厅中央，不站到那盏吊灯下面。于是大厅里不碍事的地方都另外安放了烛台，沿墙一圈女像柱每个雕像的右手中都被插入了一支散发着香气的火炬，总共约有五六十支。

那八只猩猩依从了跳蛙的劝告，耐着性子等到半夜才入场（当时大厅里已挤满了来参加化装舞会的男男女女)。当夜半钟声一停，他们就一块冲进大厅，准确地说是滚进了大厅，因为那根碍事的铁链使他们多半都跌倒，所以他们进去时全都连滚带爬。

人群中那阵骚乱的确可惊，国王看在眼里乐在心头。果然不出所料，不少客人都把这几个相貌狰狞的怪物当作了某种真正的野兽，即便不是恰好当作猩猩。许多女士被吓得当场晕倒，而若不是国王有先见之明下令不准带武器入厅，他那伙人说不定很快就会为他们的恶作剧付出血的代价。事实上当时大家都往门口冲去，可国王事先已下过命令，他一进入大厅各门便立即锁上，而且按照那侏儒的建议，钥匙全都交到了他手里。

当大厅里乱得不可开交之际，当每个人都只注意自身的安全之时(因为真正的危险实际上来自惊恐万状的人群之推推搡搡)，说不定也有人看见那根摘除吊灯时早被拉上屋顶的铁链现在又徐徐垂了下来，直到链端的吊钩降到离地面 3 英尺的地方。吊链刚一降下，国王和他的七个伙伴磕磕绊绊地在大厅里东碰西撞了一圈之后，也终于转到大厅中央，当然也就恰好挨着垂下的灯链。就在此时，一直紧跟在他们身后替他们鼓劲儿的侏儒一把抓住了拴他们那根铁链圆圈内那个十字形的交叉之处，以飞快的动作将其挂在了平时挂吊灯的那个吊钩上。而几乎与此同时，灯链被一股无形的力量向上拉动，吊钩转眼之间就升到了伸手不及的位置，作为必然的结果，那八只猩猩被拉得面对面地挤成了一堆。

此时客人们才多少从惊恐中回过神来，并开始把整件事情看成是一幕精心设计的闹剧，于是那八只猩猩的狼狈相便引起了一阵哄笑。

“把他们交给我吧！”此时跳蛙大声喊道，他尖尖的嗓音在一片喧哗声中也不难听清。“把他们交给我吧。我想我认识他们。如果我能好好看看，我很快就能认出他们是谁。”

说着他爬过攒动的人头，设法挤到了墙边，从一根女像柱上取了一支火炬，然后他返回大厅中央，以猴子般的敏捷跳到国王头顶，再顺着灯链往上爬了几英尺，最后朝下伸出火炬打量那几只猩猩，嘴里依然大声喊道：“我很快就会认出他们是谁！”

正当大厅里的所有人（包括那几只猩猩在内）笑得正欢，跳蛙突然吹了一声尖厉的口哨。灯链应声猛然向上升了30英尺左右，将八只狼狈不堪、拼命挣扎的猩猩吊在了天窗与地板之间的半空中。灯链上升之时跳蛙攀附于其上，依然与身下那八个戴假面具的人保持着一定距离，依然（像什么事也没发生一样）继续朝下伸着手中的火炬，仿佛正努力想看出他们是些什么人。

人们对灯链的上升感到非常惊讶，大厅里顿时鸦雀无声。可大约一分钟之后，这片静寂被一阵低沉刺耳的嘎嘎声打破，这声音听上去就像先前国王把酒泼在特丽佩塔脸上时与他的大臣们一道听见的那种声音。不过这一次声音发自何处倒不难确定，它发自跳蛙那犬牙般的齿间，因为此刻他正咬牙切齿，发指眦裂，横眉竖眼地怒视着那君臣八人朝上仰起的脸。

“啊哈！”怒不可遏的小丑最后开口说道。“啊哈！我现在开始看出他们是些什么人了！”说着他假装要把国王看得更加清楚，把手中的火炬凑近裹在他身上的那层柏油亚麻，后者顿时便窜起了呼呼的火苗。不到半分钟，那八只猩猩已在人群的尖叫声中熊熊燃烧，观者一个个吓得发抖，谁也无力上前救助。

最后火焰突然高高腾起，迫使小丑顺着灯链再往上爬。而当他攀援之时，下面的人群一时间又噤若寒蝉。他抓住这个机会再次开口：

“我这下可看清了，”他高声说，“这些化装者是些什么人。他们中的一位是个了不起的国王，另外七位则是他的枢密大臣。一个毫无顾忌地打一位弱女子的国王，七名撺掇扇惑、助纣为虐的大臣。至于本人，我就是跳蛙，专门说笑逗乐的小丑，而这是我的最后一次逗乐。”

由于粘在那八人身上的柏油亚麻都是极易燃烧之物，所以跳蛙那番短短的演说话音未落，他的复仇计划已大功告成。八具尸体已被烧成臭气熏天、狰狞可怕、黑糊糊的一团，正吊在拴住他们的铁链上晃来荡去。跳蛙猛然将火炬丢向他们，接着不慌不忙地朝屋顶攀缘，最后穿过天窗悄然而逝。

人们猜测特丽佩塔当时就在大厅屋顶上，她实际上是她朋友报仇雪恨的同谋。人们还猜测他俩双双逃回了他们自己的国家，因为从此以后谁也没见过他俩的踪影。

红死病的假面具

“红死病”蹂躏这个国度已有多时。从不曾有过如此致命或如此可怕的瘟疫。鲜血是其象征，是其标志——血之殷红与血之恐怖。有剧烈的疼痛，有突发的头晕，接着便是随毛孔大量出血而来的死亡。患者身上，尤其是脸上，一旦出现红斑，那便是隔离其亲友之救护和同情的禁令。这种瘟疫从感染、发病到死亡的整个过程，前后也就半个小时。

但普洛斯佩罗亲王快活、无畏，而且精明。眼见其疆域内的人口锐减一半，他便从宫中召集了1000名健壮而乐观的骑士和淑女，并带着他们退隐到一座非常偏远的城堡式宅院。那是一座宽敞而宏伟的建筑，是亲王那与众不同但令人敬畏的情趣之创造。宅院四周环绕着一道坚固的高墙。大门全用钢铁铸就。亲王的追随者们带来了熔炉和巨锤，进宅院之后便焊死了所有门闩。他们决心破釜沉舟，不留退路，以防因绝望或疯狂而产生的想出去的冲动。宅院内的各种必需品非常充裕。有了这样的防御措施，那些绅士淑女们便可以藐视瘟疫的蔓延。墙外的世界能够自己照料自己。在这种时候去忧心忡忡是庸人自扰。亲王早就做好了寻欢作乐的一切安排。宅内有插科打诨的小丑，有即席吟诵的诗人，有表演芭蕾的舞女，有演奏音乐的乐师，而且还有美女和酒浆。所有的欢乐和平安都在墙内。墙外则是红死病的天下。

就在这种隔离生活的第五个月或第六个月将近之时，也就是墙外的瘟疫最猖獗的时候，普洛斯佩罗亲王为 1000 名追随者举行了一场异常豪华的假面舞会。

那假面舞会的场面真可谓骄奢淫逸。不过先容我讲讲举行舞会的场所。那一共是七个房间，一组富丽堂皇的套房。但在一般宫殿里，这样的套房只需把各间的双扇门推开到墙边便能形成一条笔直的长廊，整个套房也就几乎一览无余。可这组套房的情况却迥然不同，正如从亲王追奇逐异的嗜好中就可以料到的一样。这七个房间的布局极不规则，所以一眼只能看到一个房间。套房中每隔二三十米便是一个转角，每拐过一个转角都有一种新的效果。每个房间左右两边墙上的正中都有一扇又高又窄的窗户，窗户面对一条封闭的回廊，回廊绕这组套房蜿蜒迂回。这些窗户都镶有染色玻璃，其色彩随各房间装饰物的主色调之不同而变化。譬如说最东边的那个房间悬挂的饰物均为蓝色，那它的窗户则晶蓝如碧。第二个房间的饰物壁毯皆为紫色，其窗格玻璃就紫如青莲。第三个房间整一片绿色，它有的便是两扇绿窗。第四个房间的家具装饰和映入的光线都是橘色。第五个是白色。第六个是紫罗兰色。第七个房间四壁从天花板到墙根都被黑丝绒帷幔遮得严严实实，帷幔的褶边沉甸甸地垂在同样是黑丝绒的地毯上。但只有这个房间窗户的颜色与饰物的色调不配。它窗玻璃的颜色是殷殷猩红，红得好像浓浓的鲜血。在散布于或悬垂于这七个房间的大量贵重装饰品中，却没有一盏灯或一个烛台。这组套房中没有任何日光、灯光或者烛光。但在环绕这组套房的回廊里，每一扇窗户跟前都立着一个三角支架，每一个三角支架上都放着一盆火，火光透过染色玻璃照亮里面的房间，从而产生出绚丽斑斓、光怪陆离的效果。但是在西间或黑色房间里，火光透过红色玻璃照射在黑色帷幔上的效果可怕到了极点，凡进入该房间的人无不吓得魂飞魄散，以至于宅院中几乎无人有足够的胆量进入那个房间。

同样也是在那个房间里，靠西墙立着一座巨大的黑色时钟。其钟摆伴随着一种沉闷、凝重而单调的声音左右摆动。每当分针在钟面上走满一圈，报点的时刻到来之时，从巨钟的黄铜壁腔内便发出一种清脆、响亮、悠扬、悦耳但其音质音调又非常古怪的声音。结果每隔一小时，乐队的乐师们就不得不暂时中止他们的演奏，侧耳去听那个声音。于是跳华尔兹的男男女女停止其旋转，狂欢的人群一下子仓皇失措。钟点声继续鸣响之际，可见轻浮浅薄者一个个脸色发白，年长者和稳重者则以手覆额，仿佛是在出神或者沉思。但待钟声余音寂止，人群中又顿时充满轻松的笑声，乐师们你看我，我看你，相视而笑，像是在自嘲方才的紧张和傻气。他们还彼此低声诅咒发誓，下次钟响时绝不会再这样忘情失态。可在60分钟之后（那包含了似箭如梭的3600秒），黑色巨钟又一次鸣响，于是又出现和前次一样的仓皇失措、神经紧张和沉思冥想。

尽管如此，整个化妆舞会仍不失为一次靡丽放荡的狂欢。亲王的情趣别有风味。他对色彩和效果独具慧眼。他的构思大胆热烈，而他的思想却闪耀着野蛮的光辉。大概会有人认为他疯狂。他的追随者却觉得并非如此。要确信亲王的确没疯，那必须听他说话，与他见面，同他接触。

因这次舞会场面盛大，七个房间的活动装饰大部分由他亲自指点，而正是他个人的情趣嗜好使舞会参加者的化装各具特色。请相信他们全都奇形怪状。舞会上充满了灿烂光彩，横生妙趣，朦胧幻影，充满了自《艾那尼》[1]一剧上演以来所见过的所有舞台效果。有人装扮成肢体与面具不相称的怪物。有人穿戴着只有精神病患者才能想出的怪装。有许多人装扮得漂亮，许多人装扮得荒唐，许多人装扮得怪诞，有一些人装扮得可怕，还有不少人装扮得令人恶心。事实上，来往穿梭于那七个房间之间的简直是一群梦。他们（这群梦）从一个个房间扭进扭出，随房间之不同而变幻着色彩，并使乐队疯狂的伴奏似乎就像是他们舞步的回声。可是不一会儿，黑房间里的那个黑钟又一次鸣响。于是一时间一切都静止不动，除了钟声一切都悄无声息。那些梦也各自凝固成他们站立的样子。但等钟声余音散尽（钟声延续的时间并不长），随之又荡漾起一阵略微克制的笑声。音乐又重新响起，那些梦又复活，并比先前扭得更欢，在扭动中随着被回廊上火光映亮的彩色玻璃窗而变幻色彩。但现在参加假面舞会的人当中已没有人敢进入七个房间中最西头那间，因为已近深更半夜，从那血红色窗棂透进的火光更红，那些

1 《艾那尼》（*Hernani*）是法国作家雨果所著悲剧，1830 年曾在巴黎上演，后由意大利作曲家威尔第改编成 4 幕歌剧，1844 年首演于威尼斯。

阴森森的黑色帷幔令人毛骨悚然。对于那些站立于黑色地毯上的人，那黑色巨钟沉闷的钟摆声听起来比那些在其他房间作乐的人所听到的更显得阴沉压抑。

此时其他房间里挤得比肩接踵，一颗颗充满活力的心在兴奋地跳动，正当纵情狂欢达到高潮之时，黑色的巨钟鸣响了午夜钟声。于是如我刚才所描述，音乐停止了演奏，舞者停止了旋转，一切都像先前一样陷入一种不安的休止。但这一次钟声要响 12 下，因此，也许碰巧有更多的思想会潜入狂欢者中那些善思者更长一点的沉思冥想之中。也正因为如此，人群中有许多人直到最后一声钟响完全消失，才有空注意到一个先前未引起过任何人注意的戴着假面具的身影。关于这位新来者的消息不胫而走，人群中终于响起一阵表示不满和惊讶的嘁嘁喳喳或嘟嘟囔囔的声音，最后这种声音里渐渐流露出惊恐、畏惧和厌恶的意味。

在我所描述的这样一个光怪陆离的假面舞会上，按理说一般人的出现不可能引起如此轩然大波。事实上，那天晚上的装束面具几乎没有限制，但大家注意到的那个身影比希律王还希律王，他的装束和面具甚至超越了亲王那几乎没有限制的礼仪限度。最无动于衷的心也不可能没有能被情感拨动的弦。甚至对那些视生死为儿戏的迷途浪子而言，也总有那么一些事他们不能视为儿戏。实际上，当时所有参加假面舞会的人似乎都深深感到那个陌生人的装束和举止既无情趣可言也不合礼仪。陌生人身材又高又瘦，从头到脚都藏在一块裹尸布里。他那如僵尸面孔的假面具做得足以乱真，以至凑上前细看也一定很难辨出真假。不过对这群疯狂的寻欢作乐者而言，这一切虽不值得赞赏，但说不定还可以容忍。但那个陌生人太过分了，他居然装扮成红死病之象征。他的裹尸布上溅满了鲜血，他的额顶以及五官上也洒满了猩红色的恐怖。

当普洛斯佩罗亲王看见这个幽灵般的身影（缓慢而庄重地在跳华尔兹的人群中高视阔步，仿佛是想将其角色扮演得更逼真），他显然大为震惊。开始只见他一阵猛烈地颤抖，说不出是因为恐惧还是厌恶，但随之就见他气得满脸通红。

“是谁如此大胆？”他声嘶力竭地问站在身边的随从，“谁敢用这种无礼的嘲弄来侮辱我们？快抓住他，揭开他的面具，让我们看看日出时吊死在城墙上的到底是个什么家伙！”

普洛佩斯罗亲王嚷出这番话时正站在东头的房间里。他洪亮的声音清楚地传遍了七个房间，因为亲王生性粗野豪放，而音乐也早已随着他的挥手停止了演奏。

亲王当时正站在蓝色房间，身边围着一群面如死灰的随从。他刚开始嚷叫时，这帮随从还稍稍朝那个不速之客逼近了两步，不料那个也在不远之处的不速之客竟也迈着从容而庄重的步伐朝亲王走来，他的狂妄傲慢已在所有人的心中唤起了一种莫可名状的敬畏感，所以没有一个人敢伸手去抓他，结果他畅通无阻地从亲王身边不足一米的地方走过。这时所有的人仿佛都情不自禁地从房间中央退缩到了墙边，那陌生人如入无人之境，继续迈着那种从一开始就使他显得与众不同的庄重而平稳的步伐从蓝色房间进入紫色房间，从紫色房间进入绿色房间，从绿色房间进入橘色房间。在从橘色房间进入白色房间，在一个抓他的行动开始之前,他甚至已快要进入紫罗兰色房间。可是就在此时，为自己刚才的胆怯而恼羞成怒的普洛斯佩罗亲王飞身冲过了六个房间，尽管那些被恐惧攫住的随从没有一人紧随其后。亲王高举一柄出鞘短剑，心急火燎地追到了离那离去的身影只有一米左右的地方。只听一声惨叫，那柄明晃晃的短剑掉落在黑色的地毯上，紧接着普洛斯佩罗亲王的尸体也面朝下倒在了上边。这时一群狂欢者才鼓起玩命的勇气，一哄而上冲进了那个黑色房间。可当他们抓住那个一动不动地直立在黑色巨钟阴影中的瘦长身影时，他们张口结舌地发现，他们死死抓住的那块裹尸布和僵尸般的面具中没有任何有形的实体。

这下红死病的到来终于被承认。它就像一个小偷趁黑夜溜了进来。狂欢者一个接一个倒在他们寻欢作乐的舞厅之血泊里，每一个人死后都保持着他们倒下时的绝望姿势。随着最后的欢乐结束，那个巨大的黑钟也寿终正寝。三角支架上的火盆全部熄灭。黑暗、腐朽的红死病开始了对一切漫漫无期的统治。

梅岑格施泰因

吾生乃汝祸，吾死亦汝亡。

——马丁·路德

恐怖和厄运历来都是不胫而走，八方蔓延。那为何要让我这个非讲不可的故事有一个明确的日期呢？我只须说，当我所讲的这个故事发生之时，在匈牙利内地流行着一种秘而不宣却根深蒂固的对灵魂轮回之说的迷信。至于轮回之说本身（换句话说，关于轮回说的虚伪性或可能性），我不拟在此赘述。不过我敢断言，我们大多数的怀疑（就像拉布吕耶尔所说的我们全部的不幸）都“起因于不能承受孤独”。

但匈牙利人的迷信中有些要点却近乎荒谬。他们（匈牙利人）与其东方权威有着本质上的不同。譬如说“灵魂”，前者认为（我干脆抄录一位精明而睿智的巴黎人的原话）：“灵魂只有一次能寓于敏感之肉体，其余犬羊牛马之类，甚至人类，也只不过与这种敏感的动物有几分相似而已。”

伯利菲茨茵和梅岑格施泰因两家之不和已延续了好几个世纪。从来没有两家这样声名显赫的豪门望族如此不共戴天地相互怨恨，相互仇视。这种宿怨的由来似乎见于一个古老的预言：“当梅岑格施泰因家的死亡征服伯利菲茨茵家的不朽之时，一个高贵的姓氏将像骑手跌下马背一样可怕地跌落。”

当然，这个预言意义不大，或者说毫无意义。但就在不久以前，一些微不足道的原因却导致了同样严重的后果。此外，这两个毗邻的庄园长期以来一直在复杂的政府事务中施加着相互对立的影响。更有甚者，连庄园附近的邻居也很少交朋友。伯利菲茨茵城堡的居住者可以从他们高高的扶垛窥视梅岑格施泰因宅邸的窗户。他们最不想看见的就是那块封地的富丽堂皇，于是一种想消除因自己家族历史更短、财富更少而产生的愤然之情便油然而生。所以，无论那个预言是多么愚蠢，它居然能应验于这两个早已注定要因其与生俱来的妒忌心之煽动而世代不和的家族，这有什么可奇怪的呢？那预言似乎早已暗示了（如果它真暗示了什么）那个已经更强大的家族的最后胜利；当然也被那个势力更弱、影响更小的家族所刻骨铭心，并糅和进一种更痛苦的怨恨。

伯利菲茨茵伯爵威廉虽说出身高贵，但在这个故事发生的年代，已经是个体弱多病、年迈昏聩的老人。他一生只有两件事引人注目，一是他对仇家有一种根深蒂固且难以抑制的怨恨，二是他对骑马打猎有一种酷爱，就连他身体的孱弱、年龄的垂暮以及心智的衰减都不能阻止他每天参加那种危险的活动。

另一方面，梅岑格施泰因男爵弗雷德里克则正值盛年。他的父亲G大臣中年早逝。不久他母亲玛丽女士也随夫而去。弗雷德里克当时才18岁。18年在城里不算漫长，但在一片旷野，在一片像那古老的封邑一样富裕的旷野，钟摆的摇动却别有一番深意。

父亲去世之后，这位年轻的男爵马上就离开了父亲当大臣时那种特殊的官场环境，踏上了他那片广阔的领地。以前匈牙利贵族很少拥有如此宽旷的领地。他的城堡不计其数，但就壮观与宽敞而论，首屈一指的就是那座“梅岑格施泰因宅邸”。他领地的疆界从未被精确划定，但他的主要园林就方圆50英里。

对这位声望如此显赫、家业如此富厚，而且年龄又如此年轻的继承人，人们很少去推测他可能具有的品行和习惯。实际上，这位比希律王还希律王的继承人在其后三天的所作所为完全出乎他最热心的敬慕者们的预料。不知羞耻的放荡淫逸、明目张胆的背信弃义，以及闻所未闻的暴戾凶残，这使他那些战战兢兢的仆从们很快就明白，从今往后，无论是他们自己的奴颜婢膝还是他们主人的良心发现都不能确保他们不受到那位小暴君无情毒牙的伤害。第四天晚上，伯利菲茨茵城堡的马厩被发现起火了；邻居们不约而同地将这桩纵火罪加在了男爵那张本来已令人触目惊心的罪行表上。

但就在那场大火引起骚乱的时候，年轻的男爵却坐在梅岑格施泰因宅邸楼上一个宽敞而冷清的房间里，显然是在沉思默想。墙头那些虽已褪色但依旧艳丽的挂毯黯然摇曳，挂毯上织着他许多显赫祖先朦胧而威严的身影。这边，身着貂皮长袍的牧师、主教正与那位专制暴君亲密地坐在一起，否决一位世俗国王的请求，或用教会至高无上的清规戒律限制那位头号敌人难驾驭的王权。那边，身材高大、皮肤黝黑的梅岑格施泰因家族诸侯，骑着高头大马在敌人的尸体上横冲直撞的梅氏骑士，正以他们威武的气概震惊最健全的神经。而在另一边，昔日那些身材如天鹅般优雅娇媚的夫人和小姐正在一个迷宫般的超凡舞会上伴着想象中的美妙旋律翩翩起舞。

但当那位男爵侧耳倾听，或佯装在倾听伯利菲茨茵家马厩那边传来的越来越响的喧嚣声时，或者也许是正在斟酌某个更新奇、更明确的冒险行为之时，他的眼光不知不觉地转到了挂毯上一匹色彩极不自然的巨马身上，那匹马属于他仇家的一位撒拉逊祖先。马在画面上处于最显著的位置，一动不动，像一尊雕塑；而再往后，画的是那位被梅岑格施泰因家的剑刺杀的战败的骑手。

当弗雷德里克意识到他的目光在无意之间所凝视的方向时，他嘴角掠过一丝凶残的表情。但他并未将目光移开。相反，他感到了一种莫可名状、挥之不去的忧虑，那忧虑像一块裹尸布降下，罩住了他的意识。他费了好大劲儿才从那朦朦胧胧、支离破碎的幻觉中挣扎着回到现实。他越是凝视那张挂毯，那种诱惑就越强烈，他似乎就越发不能从那挂毯的蛊惑中收回目光。但因那尚未突然变得更激烈的喧嚣，他竭尽全力将自己的目光转向了燃烧的马厩映在房间窗户上的红色火光。

但这个动作转瞬即逝，他的目光随之又无意识地回到了墙上。令他愕然惊诧并毛骨悚然的是，就在他刚才掉头的一刹那，挂毯上那匹巨马的头已改变了方向。马的脖子本来是成弓形弯向主人趴在地上的尸体，现在却直端端地伸向男爵。马的眼睛原来并不引人注目，现在却炯炯有神，似通人性，闪着一种奇怪的红光；那匹显然被激怒的马张开的唇间赫然露出两排阴森而讨厌的牙齿。

被惊得发呆的年轻男爵趔趔趄趄走到门边。他刚一开门，远处一道红光便射进房间，把他的身影清晰地投射在那块微微抖动的挂毯上面；在门槛前蹒跚之际，他哆嗦着看见自己的影子正好一丝不差地与织图中那个杀死伯利菲茨茵家撒拉逊祖先的凶手的身影重合——那个冷酷无情、耀武扬威的凶手。

为了摆脱那种恐惧，男爵匆匆逃到户外。他在宅院大门口遇见三名侍从。他们正冒着生命危险在手忙脚乱地制服一匹狂蹦乱跳的火红色巨马。

“谁的马？你们从哪儿弄到它的？”男爵用沙哑的声音愤然问道，因为他一眼就看出，眼前这匹烈马与房间挂毯上那匹神秘的骏马简直出自一个模子。

“它是你的财产，阁下，”一名侍从回答，“至少没有别人声称拥有它。我们刚才看见它浑身冒烟，口吐白沫，疯狂地从伯利菲茨茵城堡燃烧的马厩往这边冲，我们以为它是那位老伯爵的外国种马，便把它作为走失的马牵回去。但那边的马夫拒不承认这马是他们家的；这事真奇怪，因为这马身上明明有它从那场大火中死里逃生的痕迹。”

“它额顶还清楚地烙着 W.V.B. 三个字母呢，”第二名侍从插话说，“我想这三个字母当然就是威廉·冯·伯利非茨茵这个名字的首写字母，但城堡里的人都矢口否认见过这匹马。”

“真奇怪！”年轻的男爵若有所思地叹道，显然没意识到自己在说些什么，“它，正如你们所说，是匹奇异的马，一匹非凡的马！虽然你们所说的都非常正确，它身份可疑，难以驾驭；不过，就让它属于我吧。”他顿了一顿又补充道，“或许我弗雷德里克，一名梅岑格施泰因家的骑手，甚至可以驯服从伯利非茨茵家马厩里跑出来的魔鬼。”

“你弄错了，阁下。这匹马，我想我们刚才已经说过了，它并非从那位伯爵的马厩里面跑出来。要真是那样，我们知道该怎样办，而不会把它牵进你高贵的府门。”

“不错！”男爵冷冰冰地说。就在这时，一名内房仆人神色慌张，脚步匆匆地奔出宅门。他凑近主人耳边禀报，在他负责打理的那个房间里，挂毯上的一小块突然不翼而飞了。他叙述事情的经过和回答主人的提问时声音都压得很低，但他俩的谈话仍充分满足了那三名侍从被激起的好奇心。

与仆人谈话之时，年轻的弗雷德里克似乎被情绪的变化所激动。但他很快恢复了镇静，脸上显露出一丝恶意，断然下令立即锁上那个出事的房间，并由自已掌握房间的钥匙。

“你听说伯利菲茨茵那个不幸的老猎手死了吗？”待那名仆人离去之后，男爵的一名侍从问他。此时，在从宅邸去梅岑格施泰因家马厩的长路上，那匹男爵已决定据为己有的巨马越发狂怒地踢蹦腾跃。

“没听说！”男爵猝然掉头对着问话人，“死了！你说？”

“千真万确，我的阁下；以你高贵的名义，我想，这并非一个不受欢迎的消息。”

一丝微笑飞快地掠过男爵的脸上。“他怎么死的？”

“在他拼命去救他所钟爱的那匹猎马之时，不幸被大火烧死了。”

“果——真——如——此！”男爵惊呼道，仿佛他正被一个真实而激动人心的念头所慢慢而深深地感动。

“果真如此。”侍从重复道。

“真可怕！”男爵平静地说，然后从容不迫地进了宅邸。

从那天起，年轻而放荡的弗雷德里克·冯·梅岑格施泰因男爵的举止行为发生了显著的变化。实际上，他的举动令所有的期望都变成了失望，出乎许多富于心计的成熟女人的意料。不过他的脾性和习惯依旧，甚至比过去更少与周围上流社会的那些人交往。人们在他的领地之外根本见不着他的身影，在这个广阔而喜欢交际的世界里，他真没有一个朋友，除非那匹他后来一直爱骑的奇怪的火红烈马能有权利称得上他的朋友。

然而，周围那些与他家长期交往的邻居仍时常向他发出邀请：男爵阁下能光临我们的庆典吗？男爵大人能和我们一起去打野猪吗？

梅岑格施泰因不参加。梅岑格施泰因不打猎。这便是他傲慢而简短的答复。

这种再三再四的无礼是傲慢的贵族们所不能容忍的。于是邀请来得越来越不恭，越来越稀少，最后竟完全没有了。人们甚至听说那位不幸的伯利菲茨茵伯爵的遗孀许下了这么一个愿望：“让那位男爵不想待在家时偏偏会待在家里，因为他侮辱了与他身份相同的朋友；让他不想骑马时偏偏骑在马上，因为他宁愿与一匹马交往。”这话当然是那位遗孀心中宿怨的一种非常愚蠢的宣泄，它只能证明当我们希望变得非常有力的时候，我们的话多容易变得毫无意义。

然而，心肠慈悲的人把这位年轻贵族的行为变化归因于一位过早失去双亲的儿子的自然而然的悲伤，不过他们似乎忘了他在刚失去双亲之后那段短暂时间内的凶残暴戾。一些人的确也绕着弯说他是太妄自尊大，太自命不凡。另一些人（其中值得一提的是家庭医生）则再次直言不讳地说起病态的忧郁、遗传的体弱。但大多数人却含糊其词，模棱两可。

实际上，男爵对他新获得的那匹马的不合情理的迷恋，一种似乎能从那脾性凶如魔鬼的马的每一次新的表演中获取新的力量的迷恋，终于在所有心智健全的人眼里成了一种可怕而奇怪的走火入魔。在烈日炎炎的正午，在更深夜静的子时，无论生病健康，不管天晴下雨，年轻的梅岑格施泰因似乎都钉在那巨马的鞍上，那匹马极难驾驭的倔劲儿与骑手的脾性是那么一致。

更有甚者，上述事实加上后来发生的情况给骑手对马的狂慕和马自身的能力都增添了一种非凡异常的色彩。那匹马一次腾跃的距离被精确地测量，人们发现其结果远远超出了最富有想象力的人的最大胆的猜想。此外，男爵没有替这匹马专门取个名字，尽管他其他的马都有根据其特征而取的名字。还有，这匹马的马厩也与其他的远远分开；其饲养和其他必要的照料均由男爵本人亲自动手，别人甚至不能进入那个特殊马厩的院落。人们还传说，虽然三名看见那匹马逃出伯利菲茨茵家那场大火的侍从当时成功地用套索缰辔拦住了马的去路，但他们中谁也不敢肯定在那场危险的搏斗中，或是在后来的任何时候，他们的手真正触摸过那匹马。一名贵族和一匹烈马行为方面的种种传闻本不应该引起人们过分的注目，但确有那么一些细节硬是让最多疑和最漠然的人也按捺不住好奇之心；据说，有时那匹马可怕的尥蹶子所包含的令人难忘的深意会使周围目瞪口呆的围观者吓得退避三舍，有时它那诚挚得像人一样的眼里一闪而过的洞察的目光会使年轻的男爵脸色发白，畏缩不前。

不过男爵的所有仆从都毫不怀疑他们的主人对那匹马暴戾的脾性怀着一种异乎寻常的热情，只有一名卑微低贱且相貌猥琐的小厮除外。这名小厮丑得真可谓三分像人七分像鬼，而他的看法当然也最微不足道。可他居然厚颜无耻（假若他的看法还值得一提），硬说主人每次跳上马鞍时都会有一阵难以察觉的莫名其妙的战栗；还说主人每次从习惯的长距离骑马归来时，一种得意扬扬、心怀恶意的表情都扭歪了脸上的每一块肌肉。

一个风雨交加的夜晚，梅岑格施泰因从沉睡中醒来，像一个疯子冲出房间，匆匆跳上马背狂奔而去，进入了迷宫般的森林。这种常常发生的事并未引起人们特别的留意，但他的迟迟不归却使仆从们焦虑不安。就在他骑马外出几个小时之后，人们发现梅岑格施泰因宅邸那雄伟壮观的雉堞正在噼里啪啦地爆裂，从顶到底都在摇晃，随即整个宅邸便被一团无法控制的大火所笼罩。

由于人们看见火光时那火焰早已经冲天而起，所以任何试图拯救那座宅邸的努力显然都无济于事，惊愕的邻居们懒散地站在周围，缄默无言，如果不是漠然诧异。但一个可怕的新目标很快就转移了大多数人的注意力，这证明了目睹人类痛苦在人们心底引发的激情是多么强烈，它远远超过了最可怕但无生命伤亡的灾难所引发的激动。

人们看见，顺着那条有老橡树相夹的从森林通往梅岑格施泰因宅邸大门的道路，一匹骏马正飞驰而来，马上的骑手掉了帽子，衣衫不整，那马腾跃之猛烈远远胜过《暴风雨》中的那个精灵。

骑手对马显然已失去控制。他表情之痛苦、身体的挣扎都说明了他超乎常人的努力；但除了唯一的一声尖叫，他那被咬破的嘴唇再没有发出声音，那嘴唇是在极度的恐惧中被慢慢咬破的。眨眼之间，尖脆的马蹄声盖过了烈火的怒吼和疾风的呼啸，紧接着，那匹马纵身跃过大门和壕沟，冲上摇摇欲坠的楼梯，载着它的骑手一道消失在浓烟烈火之中。

暴风雨的喧嚣蓦然平息，死一般的静寂骤然降临。

一团白色的火焰仍像一块裹尸布一样包裹着那座宅邸，火焰射出一种奇异的光芒，光芒溢进远方肃穆的空气；可一团烟云浓密地聚在断壁之上，形成一个巨大的身影———匹马的身影。

威廉·威尔逊

怎么说它呢？怎么说倔强的良心，

那个挡在我道上的幽灵呢？

——张伯伦《法萝妮达》

暂且就让我自称威廉·威尔逊吧。摊在我面前的这张白纸没必要被我的真名实姓玷污。那姓名早已使我的家族受尽了羞辱，遭够了白眼，讨足了嫌弃。难道那阵阵愤怒之风还没有把这昭著的臭名扬到天涯海角？哦，天下最寡廉鲜耻的浪荡子哟！难道你对世事并非永远漠然？对世间的荣誉、鲜花和远大抱负并非永无感觉？难道在你的希望与天国之间，并非永远垂着一片浓密、阴沉、无边无际的云？

要是可能的话，我今天就不会在此记录下我近年遭受的难以形容的痛苦、犯下的不可饶恕的罪恶。这一时期（最近这些年）我突然越发地放荡堕落，这放荡堕落的原因正是我眼下要谈的话题。人们通常是一步步走向邪恶。可所有的道德于我就像一件披风，刹那间就从我身上全部脱落。我仿佛是迈着巨人的步伐，一步就从微不足道的顽劣跨进了比埃拉伽巴卢斯[1]的暴行更难饶恕的罪恶深渊。是什么命运，是什么样一种变故使这种罪恶发生？现在就容我从头道来。死神正向我走近，预告他来临的阴影已经软化了我的心。在穿过这朦胧的死亡幽谷之时，我渴望得到世人的同情，我差点说得到世人的怜悯。我唯愿他们能相信，我多少是身不由己地受了环境的摆布。我企盼他们能从我正要讲述的详情里，替我在罪恶的荒漠中找到一小块命运的绿洲。我祈望让他们承认，承认他们所忍不住要承认的事实，尽管不久前诱惑也许极为强烈，但至少绝没有人受到过我这样的诱惑，当然也绝没有人像我这样堕落。可难道因此就绝没有人像我这般痛苦？难道我真不是一直生活在梦中？难道我此刻不是作为天底下最疯狂的那个幻影的牺牲品，作为其恐怖和神秘的牺牲品，在等待死亡？

我生于一个历来就以想象力丰富和性情暴躁而著称的家族。我还在襁褓中就已经显示出我完全继承了家族的禀性。随着我一年年长大，这种禀性也更加难移；由于种种原因，这种禀性成了我朋友们焦虑不安

1 埃拉伽巴卢斯（Elagabalus，204—222），罗马皇帝，在位时荒淫放荡，臭名昭著，终被禁卫军弑杀。

的缘由，也成了我自己名誉受损的祸根。我渐渐变得刚愎自用，喜怒无常，放荡不羁。对我日益显露的恶性，和我一样意志薄弱且体质羸弱的父母基本上是无可奈何。他们那番力不从心且不得要领的努力最后以他们的一败涂地而告终，当然也就是以我的大获全胜而结束。从此以后，我的话便成了家里的法规。到了大多数孩子还在蹒跚学步的年龄，他们就任凭我按自己的意愿行事，除了名字，我自己的所有事都由我自己做主。

忆及我最初的校园生活，我总会想到一座巨大而不规则的伊丽莎白时代的房子，想到一个薄雾蒙蒙的英格兰村镇，想到镇上那许许多多盘根错节的大树和所有那些年代久远的房舍。委实说来，那历史悠久的古镇真是个梦一般的地方，一个抚慰心灵的地方。此刻我仿佛又感到了它绿荫大道上那股令人神清气爽的寒意，仿佛又闻到了它茂密的灌木丛散发出的那阵芳香，仿佛又怀着朦胧的喜悦被它深沉而空灵的教堂钟声感动，那钟声每隔一小时便突然幽幽鸣响，划破阴暗岑寂的空气，而那座有回纹装饰的哥特式尖塔就静静地嵌在空气之中。

也许在我眼下的各种体验中，唯有细细回想那所学校，回想有关那所学校的往事，才能够给我带来快活。虽然我现在正深深陷入痛苦（痛苦，唉！实实在在的痛苦），但读者将会原谅我在东拉西扯的闲聊中去寻求痛苦的减轻，不管这种减轻是多么细微和短暂。再说照我看来，这些东鳞西爪甚至荒唐可笑的闲聊若是与某个时间和地点相连，倒也会显出意想不到的价值，因为就是在那个时间和那个地点，我第一次模模糊糊地听到了那个后来一直完全把我笼罩的命运对我提出的忠告。那就让我来回忆一下吧。

我已经说过，那幢房子非常古老而且极不规则。房子周围的场地十分开阔，由一道顶上抹了泥灰并插着碎玻璃的又高又结实的砖墙围绕。那道狱墙般的高壁就成了我们领土的疆界，墙外的世界我们一星期只有两天能看见，每个星期六下午我们被允许由两名老师领着，集体到附近的田野进行一次短时间的散步；每个星期日早晚各一次，我们排着同样的队列到镇上唯一的那座教堂做礼拜。我们的校长就是那座教堂的牧师。每次我从教堂后排的长凳上望着他迈着庄严而缓慢的步子登上布道坛时，我心里说不出有多么惊讶和困惑！那牧师的表情是多么庄重而慈祥，那身长袍是多么似是而非又似非而是，那头假发是多么硬，多么密，发粉敷得多么匀！这难道会是他，会是那个昨天还板着副面孔、穿着被鼻烟弄脏的衣服、手握戒尺在学校执行清规戒律的人？呵，真是格格不入，荒谬绝伦，匪夷所思！

那道阴沉的高墙一角开着一道更阴沉的大门。门扇上星罗棋布地饰满了螺钉，门顶上参差不齐地竖立着尖铁。那道门是多么令人生畏！除了上述三次定日定时的出入，那道门平时从不打开；所以每当它巨大的铰链发出吱嘎声响，我们就会发现许许多多的奥秘，许多值得认真观察，也更值得严肃思索的事物。

开阔的校园形状极不规则，有不少宽敞的幽僻之处，其中最大的三四处就连成了学校的运动场。运动场地面平坦，铺着又细又硬的沙砾。我清楚地记得运动场内没有树木，没有长凳，也没有任何类似之物。当然，运动场是在那幢房子的后面。房子的正前方有一个小小的花坛，种着黄杨之类的灌木，但实际上，除了在第一次进校和最后毕业离校的时候，或是父母亲友来接我们，我们高高兴兴回家过圣诞节或是施洗约翰节的时候，我们很少经过那块圣地。

但那幢房子！那是座多么古怪的老式建筑！它在我眼里真是一座名副其实的迷宫！它那些迂回曲折的走廊仿佛没有尽头。它那种莫名其妙的分隔常令人找不到出路。任何人在任何时候都很难说清自己到底是在它两层楼的楼上还是楼下。从任何一个房间到任何另一个房间都肯定会碰到三四级或上或下的台阶。还有它那些多得令人难以想象的偏门旁屋，那真是门门相通，屋屋相连，以至于我们对那幢房子最精确的概念跟我们思考无穷大时所用的概念相去不远。在我寄读那所学校的五年期间，我从来都没能弄清楚分给我和另外十八九名同学住的那间小寝室到底在那幢房子的哪一个偏僻角落。

我们的教室是那幢房子里最大的一间，我当时忍不住认为那是天底下最大的一间。房间很长，狭窄，低得令人压抑，有哥特式尖窗和橡木天花板。教室远端令人生畏的一角有个八九英尺见方的凹室，那是我们校长、牧师布兰斯比博士“定时祈祷”时的圣所。那凹室构造坚固，房门结实，当那位“老师兼牧师”不在的时候，我们大家宁愿死于酷刑也不肯去开那门。教室的另外两个角落还有两个类似的隔间，虽说远不及那个凹室令人生畏，但仍然令人肃然起敬。一个是“古典语文”老师的讲坛，另一个是“英语和数学”教师的讲坛。教室里横三竖四、歪七扭八地摆着许多陈旧的黑色长凳和课桌，桌上一塌糊涂地堆着被手指翻脏的课本，桌面上凡是刀子下得去的地方都刻上了缩写字母、全名全姓和各种稀奇古怪的花样图案，以至于那些桌子早已面目全非。教室的一头放着一只盛满水的大桶，另一头搁着一只大得惊人的钟。

就在那所古老学校厚实的围墙之内，我度过了我生命的第三个五年，既没有感到过沉闷，也不觉得讨厌。童年时代丰富的头脑不需要身外之事来填充或娱乐，学校生活明显的单调沉闷之中却充满了我青年时代从奢侈之中、成年时代从罪恶之中都不曾再感到过的那种强烈的激动。但我必须认为，在我最初的智力发育中，有许多异乎寻常甚至过分极端之处。对一般人来说，幼年时代的经历到成年后很难还有什么鲜明的印象。一切都成了灰蒙蒙的影子，成了一种依稀缥缈的记忆，一种朦胧的喜悦和虚幻的痛苦之模糊不清的重新糅合。但我却不是这样。想必我在童年时就是以成年人的精神在感受那些今天仍留在我脑子里的记忆，那些像迦太基徽章上镌刻的题铭一样鲜明、深刻、经久不灭的记忆。

但事实上，依照世人的眼光来看，那儿值得记忆的事情是多么少啊！清晨的梦中惊醒、夜晚的就寝传唤、每天的默读背诵、定期的礼拜和散步；此外就是那个运动场和运动场上的喧闹、嬉戏和阴谋诡计。可这一切在当时，由于一种现在早已被遗忘的精神幻术，曾勾起过多少斑驳的情感，曾引起过多少有趣的故事，曾唤起过多少令人精神振奋的激动！“啊，那个铁器时代是多么欢乐的时代！”[1]

说实话，我与生俱来的热情和专横很快就使我在校园里成了个著名人物，而且慢慢地但越来越巩固地，我在所有那些比我大不了多少的同学中间占据了支配地位，除了一个例外，其他所有人都听我摆布。那个例外虽然并不与我沾亲带故，却和我同名同姓。这一巧合其实也不足为奇，因为我虽然出身高贵，但我的姓名却非常普通，依照约定俗成的时效权利，这姓名自古以来就被平民百姓广泛采用。因此在这篇叙述中我把自己叫作威廉·威尔逊，一个与我的真名实姓相差无几的虚构的名字。在按校园术语所说的“我们这伙人”当中，唯有我那位同名者敢在课堂上的学习中与我竞争，敢在运动场的戏闹中与我较量，敢拒绝盲目相信我的主张，不肯绝对服从我的意志。实际上，他敢在任何方面对我的独断专行横加干涉。如果人世间真有至高无上的专制，那就是孩子群中的大智者对智力略逊一筹的伙伴们的专制。

威尔逊之不逊成了我窘迫不安的原因。最令我难堪的是，尽管在公开场合我坚持对他和他的自负进行虚张声势的威胁，但私下里我却意识到自己怕他，并

1 语出伏尔泰讽刺长诗《世俗之人》（Le Mondain，1736）第 21 行。

且不得不承认，他那么轻而易举就和我并驾齐驱，这恰好证明了他很优秀；因为为了不被他压倒，我已经进行过不懈的努力。不过他的优秀（甚至与我并驾齐驱）其实也只被我一个人所承认；由于某种无法解释的视而不见，我们那些同学似乎没有半点察觉。实际上，他与我的竞争，他同我的较量，尤其是他对我意志的横加干涉，从来都不曾公开，而是在私下里进行。他好像既没有需要我去征服的野心，也没有能促使我去超过的激情。说不定他和我作对的唯一动机就是使我受挫，令我吃惊，让我丢脸；尽管有时我禁不住怀着一种又惊又恼的窘迫心情发现，在他对我的伤害、羞辱或反驳之中，竟包含着一种极不相称且讨厌之至的深情厚意。我只能认为，这种异常的表现是由于他极度的自负，是由于他俗不可耐地以庇护人和保护者自居。

也许正是威尔逊行为的后一个特征，加之我们同名同姓而且碰巧同一天入校，这才使得学校高年级同学中流传开了我俩是兄弟的说法。对低年级同学的事，那些高年级学生往往不进行非常认真的查问。我前面已说过或早就说过，那个威尔逊与我们家丝毫也不相干。但假若我俩真是兄弟，那肯定应该是孪生兄弟；因为后来我离开布兰斯比博士的那所学校之后，曾偶然听说我那位同名者生于1813年1月19日。这真算得上是个惊人的巧合，因为那天恰好是我的生日。

看起来也许有点奇怪，虽然威尔逊的敌对态度和令人难以容忍的抵触情绪让我终日焦虑，但我对他一点儿也恨不起来。当然，我俩几乎每天都争吵，而他总是当众把胜利的棕榈让给我，同时又设法让我感到胜利本该归他；不过，我具有的一种自尊心和他具有的一种名副其实的尊严使我俩之间总保持着所谓的“泛泛之交”，而我俩性格志趣方面的诸多相同，则在我心中唤起了一种感情，也许仅仅是我俩各自所处的位置阻止了这种感情化为友谊。实际上很难解释，甚至很难形容我对他的真实感情。那是一种错综复杂的混合感情，一种说不上仇恨的意气用事的怨恨，三分尊重，五分敬仰，七分畏惧，其中又糅合进许许多多令人不安的好奇。另外对道德学家我得加上一句，大可不必说威尔逊和我是最难分开的朋友。

毫无疑问，正是因为我俩之间的这种微妙关系，我对他的攻击（许许多多公开或隐蔽的攻击）成了一种善意的取笑或恶作剧（用逗乐的方式使他苦恼），而没有成为真正的敌对行为。不过我的这一手并非每次都成功，甚至连我最周密的计划也有失败的时候；因为我那个同名者具有与其个性相称的稳重和严谨，而当他自己开始冷嘲热讽之时，那真是滴水不漏，无懈可击，绝不会露出破绽让对手反唇相讥。实际上我只能找到他一个弱点，而对这个可能是因为先天疾病而造成的生理缺陷，不到我那种智穷才竭的地步谁也不忍心去加以利用。我对手的弱点就在于他的咽喉或者说发音器官，这使得他的嗓音在任何时候都只能提到悄声细语的高度。对他这个可怜的缺点，我从来就没放过加以利用的机会。

威尔逊的报复可谓多种多样，而其中有一种曾搅得我不知所措。他那聪明的头脑当初是如何发现那漂亮的一手的，这问题过去常常使我烦恼，而且我迄今也未能找到答案；可他一经发现那一手，就常常用它来烦我。我过去一直讨厌我这个没有气派的姓名，它实在太普通，即使不说它贱。我一听到那几个字眼就仿佛听见恶毒的话语；而当我入学那天得知又有一个威廉·威尔逊到校，我不禁因他与我同名而怒火中烧，并且对那个名字更加倍讨厌，因为一个陌生人也叫那名字，那名字的呼喊频率就会增加一倍，而那个陌生人会经常出现在我眼前，由于这讨厌之至的巧合，他在学校日常活动中的所作所为将不可避免地常常与我的行为混淆。

就这样，随着我与对手在心理或生理两方面的相似之处被逐一证实，我的烦恼也变得越发强烈。我当时尚未发现我俩同岁这一惊人的事实，但已看出他个子同我一般高，并意识到我们连身材相貌都出奇地相似。高年级同学中关于我俩是亲戚的谣传也令我气愤。总而言之，除了提到我俩之间性情、相貌或身份的相似，还没有什么事能使我如此不安（尽管我总是小心翼翼地掩饰这种不安）。但除了我与他的关系之外，事实上我没理由认为我与他的相似已成了别人议论的话题，甚至没理由认为同学们对此已有所察觉。对此他已从各方面有所觉察，并且和我一样确定，这倒是显而易见的事实；但正如我前面所说，他之所以能从那么多方面发现这一令人烦恼的情况，只能归因于他非同寻常的观察能力。

他竭力完善对我言谈举止的模仿，并且把他的角色扮得令人叹服。我的衣着服饰很容易就被他如法炮制。我的步态举止他没费工夫就据为己有。甚至连我的声音，尽管他有那个天生的缺陷，也没有逃脱被他盗用。我洪亮的声音他当然望尘莫及，可我的语调竟被他模仿得惟妙惟肖，而他那种独特的悄声细语慢慢也就成了我语调的回声。

我此刻不敢冒昧地描述，当时那幅最绝妙的肖像（因为公正地说那不能被称为漫画）使我有多么烦恼。

那时候我唯一的安慰就在于这样一个事实：显然只有我一个人注意到了那种模仿，而我不得不忍受的也只有我那位同名者狡黠而奇怪的冷笑。他似乎满足于在我心中造成了预期效果，只为已经刺痛了我而暗暗得意，全然不在乎他心智的成功很可能为他赢得的公众喝彩。事实上，在其后提心吊胆的几个月中，学校里竟无一人察觉他的计划，无人发现他的成功并和他一齐嘲笑，这一事实对我来说一直是个不解之谜。也许是他模仿的浓淡相宜使其不那么容易被人识破，或更有可能的是，我之所以平安无事，是因为那个模仿者巧妙娴熟的风格，他不屑于模仿形式（在一幅画中迟钝的人看到的只是形式），而是以我特有的沉思和懊恼来展示原作的全部精神实质。

我已不止一次地谈到了他那副以庇护人自居的讨厌面孔，谈到了他常常多管闲事，对我的意志横加干涉。那种干涉往往是以令人不快的劝喻方式，不是直截了当地提出忠告，而是含沙射影地给予暗示。我怀着一种矛盾的心理接受他的劝告，但随着年岁增长，那种矛盾也越发尖锐，但在事隔多年后的今天，就让我公平地对待他一次。我承认，尽管他当时看上去年幼无知且经验不足，但我不记得他所给予的暗示中有过任何他那种年龄容易有的谬误或愚蠢；我承认即便他综合能力不比我强，世故人情不比我精，但至少他的道德意识远远比我敏锐；而且我还要承认，假若当初我对那些包含在那个意味深长的悄声细语里的忠告不是那么深恶痛绝，不是那么嗤之以鼻，不是那么常常抵制的话，那说不定我今天就会是一个更善良的人，因而也是一个更幸福的人。

可事实上，对他那种令人厌恶的监督，我终于厌恶到了极点；对他那种我认为难以容忍的傲慢，我也一天比一天公开地表示出怨恨。我说过，在我俩同学的前几年中，我对他的感情说不定很容易转化成友谊；但在我寄居学校的最后几个月里，虽说他动辄就对我横加干涉的次数无疑已有所减少，可我对他的感情几乎与之成反比，明确无误地具有了几分敌意。我想他有一次看出了这点，从此便对我避而远之，或是表面上对我避而远之。

如果没记错的话，我大约就在那段时间里跟他有过一次激烈的争吵，在争吵中他一反常态地毫无戒心，说话举止都表现出一种与他性格极不相符的直露坦率；当时我从他的音调、神态和外表之中发现了（或者说我以为发现了）一种开始令我不胜惊讶，接着又使我极感兴趣的东西，它使我脑子里浮现出我襁褓时代的朦胧幻象，许许多多在记忆力出现之前就存在的纷乱庞杂的印象。我与其去描述那种使我压抑的感觉，倒不如说说我费了好大一番劲才不再相信这样一种幻觉：我与站在我眼前的那个人相识在某个非常遥远的时期，某个甚至无法追溯的悠远的年代。不过与它来得突然一样，那种幻觉倒也很快就消逝了。我在此提到它，仅仅是为了明确我与我那位奇特的同名者在那所学校最后一次谈话的日期。

那幢有无数房间的巨大而古老的房子有几个彼此相连的大房间，那儿住着全校绝大部分学生。然而（像设计得那么笨拙的建筑所不可避免的一样）那幢房子里有许多角落、壁凹和其他零星的剩余空间，具有经济头脑的布兰斯比博士把它们也都改装成了寝室，尽管这些寝室只有壁橱那么大，里边只能容一个人居住。在这样一间小寝室里就住着威尔逊。

在我五年学校生活快结束之时，也就是在刚才提到的那场争吵之后的一天晚上，趁同学们蒙头酣睡之机，我悄悄翻身下床，提着灯偷偷穿过一条条狭窄的通道，从我的房间去我那位对手的寝室。我早就心怀恶意地想出了一招要拿他寻开心的恶作剧，可一直没找到适当的机会下手，现在我就要去把我的计划付诸实现，我决意要让他感到我心中对他的怨恨到底有多深。来到他那间小寝室门前，我把手中有灯罩的灯放在门外，无声无息地溜了进去。我往前迈了一步，听到了他平静的呼吸声。确信他已睡着，我转身取了灯，再次走到那张床前。在实行计划的过程中，我轻轻撩开了遮住卧床的帘子，当明亮的灯光照在那熟睡者身上，我的目光也落在了他的脸上。我定睛一看，顿时只觉得四肢麻木，浑身冰凉，心跳加剧，两腿发颤，一种莫可名状、难以忍受的恐惧攫住了我的整个心灵。我喘着气把灯垂低，尽量凑近那张脸。难道这，这就是威廉·威尔逊那副容貌？我看见的的确是他的容貌，但想象中他并非这个样子，这使我像发疟疾似的一阵颤抖。那副容貌上有什么使我如此惊慌失措？我两眼凝视着他，脑子里却闪过许多不连贯的念头。他清醒而活泼的时候看起来不像这样，肯定不像这样。同一个名字！同一副面孔！同一天进入同一所学校！接下来就是他锲而不舍并毫无意义的模仿，模仿我的步态、嗓音、习惯和举止！可难道人间真有这种可能，难道我此刻所目睹的仅仅是那种可笑的模仿之习以为常的结果？我不寒而栗，毛骨悚然，灭掉提灯，悄悄退出那房间，并立即离开了那所古老的学校，从此再也没返回那里。

无所事事地在家里过了几个月之后，我成了伊顿公学的一名学生。对于在布兰斯比博士那所学校里发生的事，那短短的几个月已足以淡化我的记忆，或至少使我回忆时的心情发生了实质性的变化。那出戏的真相（悲剧情节）已不复存在。我这下能有时间来思忖当时我的意识是否清楚，而且每每忆及那事我都忍不住惊叹世人是多么容易轻信，并暗暗讥笑我天生具有的想象力竟如此活跃。我在伊顿公学所过的那种生活也不可能抹掉这种怀疑。我一到伊顿就那么迫不及待，那么不顾一切地投入的轻率而放荡的生活，就像旋涡一样卷走了一切，只剩下过去生活的沉渣，所有具体的或重要的印象很快就被淹没，脑子里只剩下对往日生活的最轻淡的记忆。

但我此刻并不想回顾那段放荡生活，那段藐视惯例规范并躲过了校方监督的放荡生活。三年之后，我一无所获，只是根深蒂固地染上了各种恶习，此外就是身材有点异乎寻常地长高。一次在散漫浪荡了一星期之后，我又邀了一伙最不拘形迹的同学到我的房间偷偷举行酒宴。我们很晚才相聚，因为我们打算痛快地玩个通宵。夜宴上有的是酒，也不乏别的刺激，也许还有更危险的诱惑；所以当东方已经显露出黎明的曙光，我们的纵酒狂欢才正值高潮。玩牌醉酒早已使我满脸通红，当我正用亵渎的言语坚持要与人干一杯时，我突然注意到房门被人猛地推开了一半，接着从门外传来一个仆人急切的声音。他说有人正在门厅等着要同我谈话，而且显然迫不及待。

当时酒已使我异常兴奋，那冷不防的打扰非但没让我吃惊，反而令我感到高兴。我歪歪斜斜地出了房间，没走几步就到了那座建筑的门厅。又矮又小的门厅里没有点灯，而除了从半圆形窗户透进的朦胧曙光，没有任何灯光能照到那里。走到门边，我看见一个年轻人的身影，他个子与我不相上下，他身上那件式样新颖的白色克什米尔羊绒晨衣也同我当时穿的那件一样。微弱的曙光使我看到了这些，却没容我看清他的脸。我一进屋他就大步跨到我跟前，十分性急地抓住我一条胳膊，凑到我耳边低声说出几个字眼"威廉·威尔逊"。

我一下子完全清醒过来。

陌生人那番举动的方式，他迎着曙光伸到我眼前的手指颤抖的那种方式，使我心中充满了极度的惊讶；但真正使我感到震撼的还不是那种方式，而是那个独特、低沉而嘶哑的声音里所包含的告诫；尤其是他用悄声细语发出那几个简单而熟悉的音节时所有的特征、声调和语调，像一股电流使我的灵魂猛然一震，许许多多的往事随之涌上心头。不待我回过神来，他已悄然离去。

虽说这一事件并非没有对我纷乱的想象力造成强

烈的影响，但那种强烈毕竟是短暂的。我的确花了几个星期来认真调查，或者说我被裹进了一片东猜西想的云中。我并不想假装没认出那个人，那个如此穷追不舍地来对我进行干涉、用他拐弯抹角的忠告来搅扰我的怪人。但这个威尔逊究竟是谁？他是干什么的？他从哪儿来？他打算做什么？对这一连串问题我都找不到答案，只查明他家突遭变故，使他在我逃离布兰斯比博士那所学校的当天下午也离开了那所学校。但很快我就不再去想那个问题，而一门心思只想着要去牛津大学。不久我果然到了那里。我父母毫无计划的虚荣心为我提供了全套必需品和固定的年金，这使我能随心所欲地沉迷于我已经非常习惯的花天酒地的生活，使我能同大不列颠那帮最趾高气扬的豪门子弟攀比阔气。

那笔供我寻欢作乐的本钱使我忘乎所以，我与生俱来的脾性更是变本加厉。在我疯狂的醉生梦死之中，我甚至不顾最起码的礼仪规范。但我没有理由停下来细述我的骄奢淫逸。我只需说在所有的浪荡子中，我比希律王还荒淫无耻，而若要为那些数不清的新奇的放荡行为命名，那在当时欧洲最荒淫的大学那串长长的恶行目录上，我加上的条目可真不算少。

然而，几乎令人难以置信，正是在那所大学里，我堕落得完全失去了绅士风度，竟去钻研职业赌棍那套最令人作呕的技艺，而一旦精通了那种卑鄙的伎俩，我便常常在一些缺心眼儿的同学中玩弄，以此增加我本来已经够多的收入。不过事实就是如此。我那种有悖于所有男子汉精神和高尚情操的弥天大罪无疑证明了我犯罪时肆无忌惮的主要原因（假若不是唯一原因）。事实上，在我那帮最放荡的同伙之中，有谁不宁愿说是自己昏了头，也不肯怀疑威尔逊有那种品行？那个快活、坦率、慷慨的威廉·威尔逊，那个牛津大学最高贵、最大度的自费生，他的放荡（他的追随者说）不过是年轻人奇思异想的放纵，他的错误不过是无与伦比的任性，他最狠毒的恶行也只不过是一种轻率而冒昧的过火行为。

我就那样一帆风顺地鬼混了两年，这时学校里来了一个叫格伦迪宁的年轻人，一个新生的贵族暴发户，据说他与希罗德·阿提库斯[1]一样富有，钱财也一样来得容易。我不久就发现他缺乏心计，当然就把他作为我显示技艺的合适对象。我常常约他玩牌，并用赌棍的惯用伎俩，设法让他赢了数目可观的一笔钱，欲擒故纵地诱他上我的圈套。最后当我的计划成熟之时，

1 希罗德·阿提库斯（Herodes Atticus，101—177），希腊著名学者，生于一雅典富贵之家，以乐善好施闻名于世。

我（抱着与他决战的企图）约他到自费生普雷斯顿先生的房间聚会。普雷斯顿与我俩都是朋友，但公正地说，他对我的阴谋毫无察觉。为了让那出骗局更加逼真，我还设法邀请了另外八九名同学，我早就精心策划好玩牌之事要显得是被偶然提到，而且要让我所期待的那个受骗上当者自己提出。我简单布置好这桩邪恶勾当，该玩的花招伎俩无一遗漏，而那些如出一辙的花招是那么司空见惯，以至于唯一值得惊奇的就是为何还有人会稀里糊涂地上当。

我们的牌局一直延续到深夜，我终于达到了与格伦迪宁单独交手的目的。我们所玩的也是我拿手的二人对局。其他人对我俩下的大额赌注很感兴趣，纷纷抛下他们自己的牌围拢来观战。那位暴发户早在上半夜就中了我的圈套，被劝着哄着喝了不少的酒，现在他洗牌、发牌或玩牌的动作中都透出一种极度紧张，而我认为他的紧张并不全是因为酒醉的缘故。转眼工夫他就欠下了我一大笔赌账，这时他喝了一大口红葡萄酒，然后完全按照我冷静的预料，提出将我们本来已大得惊人的赌注再翻一番。我装出一副不情愿的样子，直到我的再三不肯惹得他出言不逊，我才以一种赌气的姿态依从了他的提议。这结果当然只能证明他已经完全掉进了我设下的陷阱。在其后不到一个小时的时间内，他的赌债又翻了四番。酒在他脸上泛起的红潮早就在慢慢消退，可现在看见他的脸白得吓人仍令我不胜惊讶。我说我不胜惊讶，因为我早就打听到格伦迪宁的钱财不可计量。我想他输掉的那笔钱对他虽然不能说是九牛一毛，但也不会使他伤筋动骨，不至于对他产生那么强烈的影响。他脸色白成那副模样，最合理的解释就是他已经不胜酒力。与其说是出于什么不那么纯洁的动机，不如说是想在朋友们眼里保住我的人格，我正要断然宣布结束那场赌博，这时我身边一些伙伴的表情和格伦迪宁一声绝望的长叹使我突然明白，我已经把他毁到了众人怜悯的地步，毁到了连魔鬼也不忍再伤害他的地步。

现在也很难说清我当时该怎么办。我那位受害者可怜巴巴的样子使在场的每个人都露出尴尬而阴郁的神情。屋子里一时间鸦雀无声，寂静中那伙人中的尚可救药者朝我投来轻蔑或责备的目光，我禁不住感到脸上火辣辣的。我现在甚至可以承认，当随之而来的那场意外突然发生时，我焦虑不堪的心在那一瞬间竟感到如释重负。那个房间又宽又厚的双扇门突然被推得大开，开门的那股猛劲儿像变戏法似的，熄灭了房间里的每一支蜡烛。在烛光熄灭前的刹那间，我们刚好能看见一个陌生人进了屋子，他个子和我不相上下，身上紧紧地裹着一件披风。可现在屋子里一团漆黑，我们只能感觉他正站在我们中间。大家还未能从那番鲁莽所造成的惊讶中回过神来，那位不速之客已开口说话。

“先生们，”他用一种低低的、清晰的、深入我的骨髓而令我终生难忘的悄声细语说，“先生们，我不为我的行为道歉，因为我这番冒昧是在履行一种义务。毫无疑问，你们对今晚在双人牌局中赢了格伦迪宁勋爵一大笔钱的这位先生的真正品格并不了解。因此我将向你们推荐一种简捷而实用的方法，让你们了解到你们非常有必要了解的情况。你们有空时不妨搜搜他左袖口的衬里，从他绣花晨衣那几个大口袋里或许也能搜出几个小包。”

他说话时屋里非常安静，静得连掉根针在地上也许都能听见。他话音一落转身便走，去得和来时一样突然。我能够，或者说我需要描述我当时的感觉吗？我必须说我当时感到了所有要命的恐惧吗？当时我肯定没足够的时间做出反应。大伙儿七手八脚当场把我抓住，烛光也在突然之间重新闪亮。一场搜查开始了。他们从我左袖口的衬里搜出了玩双人对局必不可少的花牌，从晨衣口袋里找到了几副与牌局上用的一模一样的纸牌，只不过我这几副是那种术语称为的圆牌，大牌的两端微微凸出，小牌的两边稍稍鼓起。经过这样处理，按习惯竖着切牌的上当者将发现他抽给对手的常常都是大牌，而横着切牌的赌棍则肯定不会抽给他的受害人任何一张可以计分的大牌。

他们揭穿我的骗局后若真是勃然大怒，也会比那种无言的蔑视或平静的讥讽令我好受。

“威尔逊先生，”我们的主人一边说一边弯腰拾起他脚下的一件用珍稀皮毛缝制的华贵的披风，“威尔逊先生，这是你的东西。”（那天天冷，我出门时便在晨衣外面披了件披风，来到赌牌的地方后又把它脱下放到一边。）“我想就不必再从这件披风里搜出你玩那套把戏的证据了（他说话时冷笑着看了看披风的褶纹），实际上我们已有足够的证据。我希望你能明白，你必须离开牛津。无论如何得马上离开我的房间。”

虽说我当时自惭形秽，无地自容，但若不是我的注意力被一个惊人的事实所吸引，那我早就会对那种尖酸刻薄做出强烈的反应。我当时穿的那件披风是用一种极其珍稀的毛皮做成的，至于有多珍稀、多贵重，我不会贸然说出。那披风的式样也是我独出心裁的设计，因为我对那种琐碎小事的挑剔已到了一种虚浮的地步。所以当普雷斯顿先生将他从双扇门旁边地板上拾起的那件披风递给我时，我惊得近乎于恐怖地发现我自己那件早已经搭在我胳膊上（当然是在无意识之间搭上的），而递给我的那件不过是我手中这件的翻版，两件披风连最细小的特征也一模一样。我记起那位来揭我老底的灾星进屋时就裹着一件披风，而屋里其他人除我之外谁也没穿披风。我还保持着几分镇定，于是我从普雷斯顿手中接过那件披风，不露声色地把它放在我手中那一件之上，然后带着一种毅然决然的挑衅神情离开了那个房间。第二天早晨天还未亮，我便怀着一种恐惧与羞愧交织的极度痛苦的心情，匆匆踏上了从牛津到欧洲大陆的旅途。

我的逃亡终归徒然。我的厄运似乎乐于把我追逐，并实实在在地表明他对我神秘的摆布才刚刚开始。我在巴黎尚未站稳脚跟，就发现那个可恶的威尔逊又在对我的事情感兴趣。岁月一年年流逝，而我却没感到过安定。这条恶棍！在罗马，他是多么不合时宜又多么爱管闲事地像幽灵一样插在我与我的雄心之间！在维也纳也如此。在柏林也这般。在莫斯科也同样没有例外！实际上，在哪儿我才会没有从心眼里诅咒他的辛酸的理由呢？我终于开始惊恐地逃避他那不可思议的暴虐，就像在逃避一场瘟疫，但我逃到天涯海角也终归徒然。

我一次次地在心里暗暗猜想，我一次次地对着灵魂发问："他是谁？他从哪儿来？他到底要干什么？"但是我从来找不到答案。现在我又以十二万分的精细，彻底审视他对我进行无理监督的形式、方法和主要特征。可就是这样也很少能找到可进行推测的根据。实际上能引人注目的就是，在最近他对我挡道拆台的无数事例中，他没有一次不是要挫败和阻挠我那些一旦实现就会造成灾难性后果的计划和行动。其实，这一发现对一种显得那么专横的权力来说，不过是一种可怜的辩护！对一种被那么坚决而不客气地否认的自封的天赋权力来说，不过是一种可怜的补偿！

我还被迫注意到，长期以来，我那位施刑者虽然小心而奇妙地坚持穿和我一样的衣服，但他每次对我的意志横加干涉时都应付得非常巧妙，结果我在任何时候都未能看清他那副面孔。不管他威尔逊会是什么样的人，他这样做至少是矫揉造作，或者愚不可及。难道他真以为我居然会认不出在伊顿公学警告我的、在牛津大学毁了我名誉的、在罗马阻挠我一展宏愿的、在巴黎遏止我报仇雪恨的、在那不勒斯妨碍我风流一番的、在埃及不让我被他错误地称为贪婪的欲望得到满足的那个凶神和恶魔就是我中学时代的那个威廉·威尔逊，那个我在布兰斯比博士那所学校时的同名者、那个伙伴、那个对手、那个既可恨又可怕的对手？这不可能！但还是让我赶紧把这幕剧的压轴戏唱完吧。

我就那样苟且偷安地屈服于了那种专横的摆布。我注视威尔逊的高尚品格、大智大慧、无所不在和无所不能之时所惯有的敬畏心情，加上我注意他天然生就或装腔作势的其他特征之时所具有的恐惧心理，一直使我深深地意识到自己的软弱与无能，使我（尽管极不情愿）盲目地服从他独断专行的意志。但最近一些日子我饮酒无度，酒精对我天性的疯狂影响使我越来越不堪任人摆布。我开始抱怨，开始犹豫，开始反抗。难道我认为自己越来越坚定，而我那个施刑者却越来越动摇？这仅仅是我的一种幻觉？即便就算是幻觉，我现在已开始感觉到一种热望的鼓舞，最后终于在心灵深处形成了一个坚定不移且孤注一掷的决心，那就是我不再甘愿被奴役。

那是在罗马，18××年狂欢节期间，我参加了一个在那不勒斯公爵迪·布罗利奥宫中举行的化装舞会。我比平常更不节制地在酒桌边开怀畅饮了一通，这时那些拥挤不堪的房间里令人窒息的空气已使我恼怒。挤过乱糟糟的人群之艰难更使得我七窍生烟，因为我正急着寻找老朽昏聩的迪·布罗利奥那位年轻漂亮且水性杨花的妻子（请允许我不说出我那并不高尚的动机）。她早就心照不宣地告诉了我她在化装舞会上将穿什么样的服装，现在我瞥见了她的身影，正心急火燎地朝她挤去。就在此时，我感到一只手轻轻摁在我肩上，那个低低的、该死的、我永远也忘不了的悄声细语又响在我耳边。

在一阵绝对的狂怒之中，我猛转身朝着那个横加阻扰者，一把揪住他的衣领。果然不出我所料，他打扮得和我一模一样，身上披一件蓝色天鹅绒的西班牙披风，腰间系一条猩红色皮带，皮带上悬着一柄轻剑，一副黑丝绸面具蒙着他的脸。

“无赖！”我用沙哑的声音愤然骂道，我骂出的每一个字都像是往我心中那团怒火浇的一瓢油，“无赖！骗子！该死的恶棍！你不该，你不该对我穷追不舍！跟我来，不然我就让你死在你站的地方！”我拽着并不反抗的他挤过人群，从舞厅来到了隔壁的一间客厅。

我一进屋就猛然把他推开。他跌跌撞撞地退到墙边，这时我一边发誓一边关上房门，转身命令他拔出剑来。他略为踌躇了片刻，然后轻轻叹了口气，终于默默地抽剑摆出防御的架势。

那场决斗的确非常短暂。各种各样的刺激早已使我疯狂，我觉得自己握剑的手有千钧之力。眨眼工夫我就奋力把他逼到墙根，这下他终于得任我摆布，我凶狠而残暴地一剑剑刺透他的心窝。

这时有人试图扭开门闩。我急忙去阻止被人闯入，随之又转身朝着我那个奄奄一息的对手。可人世间有什么语言能描述我当时看见那番情景时的那种惊异、那种恐怖？就在我刚才掉头之间，那个小客厅的正面或说远端在布置上发生了一个重大的变化。一面大镜子（在我开初的慌乱之中显得如此）正竖立在刚才没有镜子的地方，而当我怀着极度恐惧的心情朝它走过去时，我的影子，我那面如死灰、浑身溅满鲜血的影子也步履踉跄地朝我走来。

我说显得如此，其实并非如此。走过来的是我那个对手，是威尔逊，他正带着临死的痛苦站在我面前。他的面具和披风已被扔在地板上。他衣服上没有一根纤维不是我衣服上的纤维。他那张脸上所有显著而奇妙的特征中没有一丝纹缕，甚至按照最绝对的同一性，不是我自己的！

那就是威尔逊，但他说话不再用悄声细语，当时我还以为是我自己在说话：

你已经获胜，而我输了。但从今以后你也就死去，对这个世界、对天堂和希望也就毫无感觉！你存在于我中，而我一死，请看这个影子吧，这是你自己的影子，看你多么彻底地扼杀了自己。

泄密的心

没错！神经过敏，非常过敏，我从来就神经过敏，而且现在也非常厉害地神经过敏。可你干吗要说我是发疯？这种病曾一直使我的感觉敏锐，可没让它们失灵，没让它们迟钝。尤其是我的听觉曾格外敏感。我曾听见天堂和人世的万事万物。我曾听见地狱里的许多事情。那么，我现在怎么会疯呢？听好！并注意我能多么神志健全，多么沉着镇静地给你讲这个完整的故事。

现在已没法说清当初那个念头是怎样钻进我脑子的，但它一旦钻入，就日日夜夜纠缠着我。没有任何动机。没有任何欲望。我爱那个老人。他从不曾伤害过我。他从不曾侮辱过我。我也从不曾希图过他的钱财。我想是因为他的眼睛！对，正是如此！他有只眼睛就像是兀鹰的眼睛，淡淡的蓝色，蒙着一层阴翳。每当那只眼睛落在我身上，我浑身的血液都会变冷。于是渐渐地，我终于拿定了主意要结果那老人的生命，从而永远摆脱他那只眼睛。

那么这就是关键。你以为我疯了。疯了可啥也不知道。可你当初真该看看我。你真该看看我动手是多么精明，看看我是以何等的小心谨慎、何等的远见卓识、何等的故作镇静去做那件事情！在杀死那个老人之前的一个星期里，我对他从来没有过那么亲切。每天晚上半夜时分，我转动他的门闩，推开他的房门。哦，推得多轻！然后，当我把门推开到足以探进我的头时，我先伸进一盏遮得严严实实、透不出一丝光线的提灯，接着再探进我的脑袋。哦，你要是看见我是如何机灵地探进脑袋一定会发笑！我一点一点地探，非常非常慢，以免惊扰了老人的睡眠。我花了一个小时才把头探进门缝，这时方能看见他躺在床上。哈！难道一个疯子有这般精明？然后，当我的脑袋已探进房间，我便小心翼翼地打开提灯。哦，非常小心，非常小心（因为灯罩轴吱嘎作响）。我只把提灯虚开一条缝，让一束细细的灯光照亮那只鹰眼。这样我一连干了七夜，每次都恰好在午夜时分。可是我发现那只眼睛总是闭着，这样就使得我没法下手，因为让我恼火的不是老人，而是他那只“邪恶的眼睛”。而每天早晨天一亮，我便勇敢地走进他的卧室，大胆地跟他说话，亲热地对他直呼其名，并询问他夜里睡得可否安稳。所以你瞧，要怀疑我每天半夜12点整趁他睡觉时偷偷去看望他，那他可真得是个深谋远虑的老人。

第八天晚上，我比往日更加小心地推开房门。就连表上分针的移动也比我开门的速度更快。那天晚上我第一次感觉到了自己的力量和机敏的程度。我几乎按捺不住心中那股得意劲儿。你想我就在那儿，一点一点地开门，而他甚至连做梦也想不到我神秘的举动和暗藏的企图。想到这儿我忍不住抿嘴一笑，而他也许听见了我的声音，因为他突然动了动身子，仿佛是受到了惊吓。这下你或许会认为我缩了回去，可我没有。他的房间里黑咕隆咚伸手不见五指（因为害怕盗贼，百叶窗关得严严实实），所以我知道他不可能看见门被推开。我依然继续一点一点地推开房门。

我探进了脑袋，正要打开提灯，这时我的拇指在铁皮罩扣上滑了一下，老人霍然从床上坐起，大声问道："谁在那儿？"

我顿时一动不动，一声不吭。整整一个小时我连眼皮都没眨动。与此同时，我也没听见他重新躺下。他一直静静地坐在床上，侧耳聆听，就跟我每天夜里倾听墙缝里报死虫的声音一样。

随后我听见了一声轻轻的呻吟，而我知道那是极度恐惧时的呻吟。这样的呻吟不是因为痛苦或悲伤。哦，不是！它是当灵魂被恐惧彻底压倒时从心底发出的一种低沉压抑的声音。我熟悉这种声音。多少个夜晚，当更深人静，当整个世界悄然无声，它总是从我自己的心底涌起，以它可怕的回响加深那使我发狂的恐惧。我说我熟悉那种声音。我知道那位老人感觉到了什么，虽说我心里暗自发笑，可我还是觉得他可怜。我知道自从第一声轻微的响动惊得他在床上翻身之后，他就一直睁着眼躺在床上。从那时起他的恐惧感就在一点一点地增加。他一直在试图使自己相信没有理由感到恐惧，可他未能做到。他一直在对自己说“那不过是风穿过烟囱，那仅仅是一只老鼠跑过地板”，或者“那只是一只蟋蟀叫了一声”。是的，他一直在试图用这些假设来宽慰自己，但他终于发现那是枉费心机。一切都枉费心机，因为走向他的死神已到了他跟前，幽暗的死荫已把他笼罩。而正是那未被察觉却令人凄惶的死荫使他感觉到（尽管他既没有看见也没有听到）我的脑袋探进了他的房间。

我耐心地等了很长一段时间，没有听见他重新躺下。于是我决定把灯罩虚开一条缝，一条很小很小的缝。于是我开始动手。你简直想象不出我动手有多轻多轻。

直到最后，一线细如游丝的微光终于从灯罩缝中射在了那只鹰眼上。

那只眼睛睁着，圆圆地睁着，而我一看见它就怒不可遏。我当时把它看得清清楚楚，一团浑浊的蓝色，蒙着一层可怕的阴翳，它使我每根骨头的骨髓都凉透。但我看不见脸上的其余部分和老人的躯体，因为仿佛是出于本能，我将那道光线丝毫不差地对准了那个该死的蓝点。

瞧，我难道没告诉过你，你所误认为的疯狂只不过是感觉的过分敏锐？那么现在我告诉你，当时我的耳朵里传进了一种微弱的、沉闷的、节奏很快的声音，就像是一只被棉花包着的表发出的声音。我也熟悉那种声音。那是老人的心在跳动。它使我更加狂怒，就像是咚咚的战鼓声激发出了士兵的勇气。

但我仍然控制住自己，仍然保持一声不吭。我几乎没有呼吸。我举着灯一动不动。我尽可能让那束灯光稳定地照在那只眼上。与此同时那可怕的心跳不断加剧。随着分分秒秒的推移，那颗心跳得越来越快，越来越响。那老人心中的恐惧肯定已到了极点！我说随着时间的推移，那心跳的声音变得越来越响！你明白我的意思吗？我已经告诉过你我神经过敏，我的确神经过敏。而当时是在夜深人静的时刻，在那幢老房子可怕的沉寂之中，那么奇怪的一种声音自然使我感到难以抑制的恐惧。但在相当长一段时间里，我仍然抑制住恐惧静静地站着。可那心跳声越来越响！我想那颗心肯定会炸裂。而这时我又感到一种新的担忧，这声音恐怕会被邻居听见！那老人的死期终于到了！随着一声呐喊，我亮开提灯并冲进了房间。他尖叫了一声，只叫了一声。转眼之间我已把他拖到床下，并且把那沉重的床倒过来压在他身上。眼见大功告成，我不禁喜笑颜开。但在好几分钟内，那颗心仍发出低沉的跳动声。不过它并没使我感到恼火，那声音不会被墙外边听到。最后它终于不响了。那个老人死了。我把床搬开，检查了一下尸体。不错，他死了，的确死了。我把手放在他心口试探了一阵。没有心跳。他完全死了。他那只眼睛再也不会折磨我了。

如果你现在还认为我发疯，那待我讲完我是如何精明地藏尸灭迹之后你就不会那么认为了。当时夜色将尽,而我干得飞快但悄然无声。首先我是把尸体肢解。我砍下了他的脑袋、胳膊和腿。

接着我撬开卧室地板上的三块木板，把肢解开的尸体全部塞进木缝之间。然后我是那么精明又那么老练地把木板重新铺好，以至于任何人的眼睛（包括他那只眼睛）都看不出丝毫破绽。房间也用不着打扫洗刷，因为没有任何污点，没有任何血迹。对这一点我考虑得非常周到。一个澡盆就盛了一切。哈！哈！

当我弄完一切，已是凌晨4点。天仍然和半夜时一样黑。随着4点的钟声敲响，临街大门传来了敲门声。我下楼去开门时心情非常轻松，因为还有什么好怕的呢？三位先生进到屋里，彬彬有礼地介绍说他们是警官。有位邻居在夜里听到了一声尖叫，怀疑发生了什么恶事凶行，于是报告了警察局，而他们（三名警官）则奉命前来搜查那幢房子。

我满脸微笑，因为我有什么好怕的呢？我向几位先生表示欢迎。我说那声尖叫是我在梦中发出的。我告诉他们那位老人到乡下去了。我领着他们在房子里走了个遍。我请他们搜查，仔细搜查。最后我带他们进了老人的卧室。我让他们看老人收藏得好好的金钱珠宝。出于我的自信所引起的热心，我往卧室里搬进了几把椅子，并请他们在那儿休息休息，消除疲劳。而出于我的得意所引起的大胆，我把自己的椅子就安在了下面藏着尸体的那个位置。

警官们相信了我的话。我的举止使他们完全放心。我当时也格外舒坦。他们坐了下来，而当我畅畅快快回答问题时，他们同我聊起了家常。但没过一会儿，我觉得自己脸色发白，心里巴不得他们快走。我开始头痛，并感到耳鸣，可他们仍然坐着与我闲聊。耳鸣声变得更加明显，连绵不断而且越来越清晰。我开始侃侃而谈，想以此来摆脱那种感觉，但它连绵不断而且越来越明确，直到最后我终于发现那声音并不是我的耳鸣。

这时我的脸色无疑是变得更白，但我更是提高嗓门海阔天空。然而那声音也在提高。我该怎么办？那是一种微弱的、沉闷的、节奏很快的声音，就像是一只被棉花包着的表发出的声音。我已透不过气，可警官们还没有听见那个声音。我以更快的语速更多的激情夸夸其谈，但那个声音越来越响。我用极高的声调并挥着猛烈的手势对一些鸡毛蒜皮的小事高谈阔论，但那个声音越来越响。他们干吗还不想走？我踏着沉重的脚步在地板上走来走去，好像是那些人的见解惹我动怒，但那个声音仍然越来越响。哦，天哪！我该怎么办？我唾沫四溅，我胡言乱语，我破口大骂！我拼命摇晃我坐的那把椅子，让它在地板上磨得吱嘎作响，但那个声音压倒一切，连绵不断，越来越响。它越来越响，越来越响，越来越响！可那几个人仍高高兴兴，有说有笑。难道他们真的没听见？万能的主啊！不，不！他们听见了！他们怀疑了！他们知道了！他们是在笑话我胆战心惊！我当时这么想，现在也这么看。可无论什么都比这种痛苦好受！无论什么都比这种嘲笑好受！我再也不能忍受他们虚伪的微笑！我觉得我必须尖叫，不然就死去！可听！它又响了！听啊！它越来越响！越来越响！越来越响！

“你们这群恶棍！”我尖声嚷道，“别再装聋作哑！我承认那事！撬开这些地板！这儿，就在这儿！这是他可怕的心在跳动！”

反常之魔

在考虑人类精神原动力的官能和冲动之时，骨相学家从来没给一种性格倾向让出一席之地，尽管这种性格倾向一直明显地作为一种固有的、原始的、不可缺少的情感而存在，但它同样也被所有比骨相学家高明的伦理学家所忽视。鉴于理性十足的傲慢，我们全都对这种性格倾向漠然置之。我们之所以容忍自己的理性忽视其存在，完全是因为缺乏信念，缺乏信仰，不管是信基督教的启示录，还是信犹太教的神秘经。我们脑子里从来想不到它，仅仅是由于它表面上的多余。就这种性格倾向而言，我们看不出冲动之必要。我们不能察觉其必然性。我们未能懂得，也就是说，即使这种原动力的概念曾自己冒出来过，我们也一直未能懂得。我们一直未能懂得用何种方式可以把它用来促进人类目的之实现，现世的目的或是永生的目的。

不可否认，骨相学，在很大程度上还有所有的形而上学，一开始就是虚构的。正是那些明智之士或逻辑学家（而非那些理解力强或观察力敏锐的人）使自己去推测上帝的意图，并向世人口授上帝的意旨。在这样称心如意地推测出耶和华的意图之后，推测者便引用这些意图建立起自己多得数不清的思想体系。以骨相学为例，首先，我们理所当然地确定人要吃饭是上帝的意志，于是我们为人指定一个进食器官，而不管我愿意不愿意，这个器官就是上帝用来强迫人进食的工具。其次，一旦决定人要传宗接代是上帝的意志，我们马上就发现了一个性爱器官。同样我们还发现了争斗器官、想象器官、追因器官、推断器官。总而言之，各种各样的器官，要么代表一种性格倾向，要么代表一种道德情感，不然就代表一种纯粹的智力。而在对人类行为原则所做出的这些安排中，施普尔茨海姆的信徒们不管是对是错，都一直部分地或全盘地对他们师辈的脚印亦步亦趋。他们以上帝的意志为理由，从事先想好的人类命运中去推断和证实每一件事。

但要对上述那种性格倾向进行归类（假若我们必须归类的话），更明智、更可靠的做法是根据一个人经常或非经常的所作所为，或根据他经常性的偶然所为，而不是根据我们想当然地认为上帝要他去做的什么事。

如果我们连上帝这些可见的造物都不能领会，那怎么能领会他创造这些作品时心中那些不可想象的思想呢？如果我们连他客观的创造物都不能理解，那又怎么能理解他主观的创造心情和状态呢？

由果溯因的归纳法也许会促使骨相学承认，被它忽视的那种性格倾向是一种人类与生俱来的原始行为本质，一种性格上的自相矛盾之物，由于没有更能表示其特性的术语，我们姑且称之为反常心态。我的言下之意是说，它实际上是一种没有动机的原动力，一种不是动机的动机。由于它的驱使，我们会做出一些没法解释其目的的事。如果这种说法会被理解为措词上的一个矛盾，那我们或许可以将其改为这样的陈述：由于它的驱使，我们为了我们不应该的理由而行动。从理论上讲，这个理由比任何理由都更不合理，可实际上，没有任何理由比它更强硬。对某些头脑而言，在某些情况下，这种理由绝对不可抗拒。就像我确信自己在呼吸一样，我也确信任何行为上的邪恶或罪过往往是一种不可抑制的力量。它驱使我们，而且只驱使我们将其实施。这种为了作恶而作恶的势不可当的倾向不容分析，或者说不容条分缕析地分解。它是一种根本的冲动，一种原始的冲动，一种基本的冲动。我知道有人会说，当我们坚持做某事仅仅是因为我们觉得我们不应该坚持为之的时候，我们的行为不过是骨相学通常所说的争斗器官的变形。但对这种说法，我们一眼就能看出其谬误。骨相学上的争斗性本质上是自卫所必须。它保护我们不受伤害。它的本质与我们的安宁有关，因此安宁之欲望随其发生而同时被唤起。任何仅仅是争斗性之变形的本原都必然唤起获取安宁的欲望，但在我称之为反常心态的实例中，不仅仅获得安宁的欲望未被唤起，而且还存在着一种强烈的敌对情绪。

扪心自问毕竟是对刚才提到的那种诡辩的最好回答。任何认真省察并全面拷问过自己灵魂的人，都不会否认上述这种性格倾向之纯粹的固有性。它并非不可理解，而是自有其特性。例如，无人不在一生的某一时刻被这样的一种欲望折磨过，那就是他极想用拐弯抹角的话来捉弄一个听话人。说话人知道他会使听者感到不快，同时他也一心一意要让他高兴。他平时说话简洁明快，清清楚楚。此时最精练明了的话语就在他的舌尖要夺口而出。他必须费很大劲才能克制自己不让那些话出口。他担心那个人生气，也不愿听他生气，但他突然想到，这种生气也许可以由一些复杂的句型和插入语引发。单是这个念头就够了。于是冲动变成希望，希望变成热望，热望变成一种不可抑制的欲望，而这个欲望（在说话者深深的遗憾和悔恨中，在不顾一切后果的情况下）被纵容。

又如，我们面前有一件必须赶紧完成的工作。我们知道如果拖延将招致毁灭性的后果。我们生活中的这一严重危机像号角一样召唤我们立即拿出力量和行动。我们焕发出激情，我们迫不及待地开始这项工作，我们的灵魂因预见到其辉煌结果而充满热情。它必须而且也应该在今天完成，然而我们却把它推延到明天。这是为什么？除了我们觉得反常之外没有别的答案，而我们用反常这个字眼也不知道其所以然。明天来临，一种更迫不及待要完成工作的紧迫感也一并来临，但是，随着这种紧迫感的增加，又产生了一种拖延的渴望，这种渴望因其神秘莫测而使我们感到一种莫可名状却实实在在的恐惧。当这种渴望聚集力量之时，时间在飞逝。采取行动的最后时刻已经到来。我们还在为内心激烈的争斗而发抖。那是明确与模糊的抗衡，是实体与虚影的较量。但若是争斗已进行到这个程度，那占上风的总是虚影，我们徒然挣扎。时钟铃响，这是我们的福音。同时它又是惊退幽灵的雄鸡啼鸣，那幽灵已使我们畏缩了那么久。它逃走了，它消失了。我们自由了。我们重新焕发出精神。我们现在将开始工作。唉，为时晚矣！

再如，我们站在悬崖边上。我们窥视那无底深渊。我们觉得要呕吐并感到头晕。我们的第一冲动是后退脱离危险，可我们却莫名其妙地站着不动。渐渐地，我们的恶心、头晕和恐惧化为一片莫可名状的情感之云。仍然渐渐地，但更不知不觉地，这片云呈现出形状，就像从《一千零一夜》中那个瓶子里冒出的青烟化成精灵一样。但从我们悬崖边那片云中幻化出的具体形状远比传说中任何精灵或魔鬼都可怕，但它不过是一个念头，尽管是一个可怕的念头，一个因其强烈渴望恐怖之快感而使我们每根骨头都凉到骨髓的念头。这念头只是让我们去想象，从这样一个高度笔直往下坠落时我们会有什么样的感觉。这种飞落直下（这种急速湮灭）包含有我们所能想象的所有最可怕、最恶心的死亡灾难中一种最可怕、最恶心的心象，而正是因为这个原因，我们此时才对它无限神往。由于我们的理智拼命要我们离开崖边，所以我们越发急于向崖边靠近。与站在悬崖边上发抖，正想着纵身一跳的人相比，世间没有任何一种热望能像他心里的热望那样着魔似的急不可耐。任何对这种念头瞬间的纵容企图，都是不可避免的毁灭。由于沉思只是敦促我们克制自己，所以如我刚才所说，我们不可能克制。如果这时没有朋友的手臂来制止我们，或如果我们不能毅然抽身离开那个深渊，我们会纵身一跳，并且粉身碎骨。

审视一下这些行为和我们会采取的类似行动，我们会发现它们仅仅是由于那种反常心态。我们采取这些行动仅仅是因为我们觉得自己不应该为之。在这种感觉的之前之后，并没有任何可理喻的道理。若不是已知这种反常心态并非不经常地促成善果，我们真可以将其视为魔王撒旦的一种直接教唆。

我已经讲了这些，现在我多少可以回答你的问题。我可以向你解释我为何会在这儿。我可以告诉你一些事，这至少会让你隐约知晓我此刻戴着镣铐待在这死囚牢里的一个表面原因。我刚才若不那样啰嗦一阵，你说不定会完全误解我的话，或是像那群下等人一样以为我是疯子。事实上你会很容易地发现，我只是那个反常之魔的无数受害人之一。

任何采取过的行动都不可能比我的行动经过更彻底的深思熟虑。我一连几个星期、几个月地反复斟酌那桩谋杀的手段。我否定了上千个计划，因为它们的实施都有被察觉的可能。最后在读一本法国人写的回忆录时，我读到了这样一段叙述：由于一支偶然染上毒的蜡烛，一位名叫皮诺的夫人差点儿死于非命。我脑子里顿时起了一个念头。我知道我要谋杀的人有卧床夜读的习惯。我还知道他的卧室窄小而且通风不良。

不过我没有必要讲那些无关紧要的细节，以免你厌烦。我没有必要讲我如何轻而易举地用一支我自己做的蜡烛偷换了他卧室蜡台上本来的一支。第二天早晨他被发现死在床上，验尸官的结论是“死于天命”。

继承他的遗产后，我舒舒服服地过了几年。我脑子里一次也没有想过事情会败露。那支致命蜡烛的残余部分早已被我小心地处理掉了。我没有留下任何能证明或怀疑我犯罪的蛛丝马迹。每当想到我绝对安全之时，我心底涌起的那种满足的感觉真强烈得难以置信。久而久之，我习惯了沉迷于这种感觉。它给我带来的欢乐胜过了我的罪孽给我带来的全部财产。但后来出现了这样一个时期，那种快活的感觉不知不觉间变成了一种缠绕于心、挥之不去的忧虑。我因为它的纠缠而忧心忡忡。我简直连一时半会儿也摆脱不了它的纠缠。这种使人烦恼的事其实相当寻常，就像我们的耳朵里，更正确地说是我们的记忆中老是想起某支拙劣的歌曲末尾的叠句，或是一幕歌剧中某个平淡的片段一样。而即使那是一支不错的歌曲，或那首咏叹调本来值得欣赏，我们也不会因此而少受折磨。就这样，我最后终于发现自己常常在考虑自身的安全，并常常喃喃自语地重复着这句话：“我安然无事。”

一天，当我在街上闲逛之时，我又发现自己正半出声地喃喃重复这几个习惯性的音节。一气之下我将这些音节改为："我平安无事！我平安无事！没错，只要我别傻乎乎地不打自招！"

我刚一说出这些字眼，就感到心里升起一股寒意。我曾经历过这种反常心态的发作，它的性质我已经特意讲过，而我记得非常清楚，在它的历次发作中，我从来没有成功地抵挡住它的袭击。当时我偶然的自我暗示，即我有可能傻乎乎地供出我所犯下的谋杀罪，仿佛就像我所谋杀的那个人的幽灵站到了我跟前，召唤我走向死亡。

开始我还努力要摆脱这个精神上的梦魇。我迈开大步行走，越走越快，越走越快，最后竟开始奔跑。我感到了一种想大声喊叫的疯狂欲望。随之接连涌上的每一阵思潮都以一种新的恐惧把我压倒，因为，天哪！我知道，我非常清楚地知道，在那种状态下我的思维能力必然失去。我继续加快步伐，像疯子一样跳着跑着穿过拥挤的大街。终于，人们有所警觉并开始追我。这时我就感觉到了我命运的结局。若是我能够扯掉自己的舌头，那时我肯定会把它扯掉，可我耳边响起了粗暴的声音，一只更粗暴的手抓住了我的肩膀。我转过身来，我透不过气。一时间我体验到了窒息的全部痛苦。我变得眼花、耳聋、脑袋发晕，接着，我相信有个看不见的魔鬼在我背上狠狠拍了一掌。于是在我心中掩埋了多年的秘密便突然冒出。

他们说我当时发音清楚，但语气很重，语速很快，而且感情激烈，仿佛生怕有人打断我那番简短但意味深长的话，正是那番话把我交给了刽子手，并将把我送进地狱。

讲完了那番为我定死罪所必须讲的话，我在一阵昏厥中倒在了地上。

可我干吗还要讲下去？今天我戴着镣铐，我在这里！明天镣铐将除去！但我将在何方？

一桶蒙特亚白葡萄酒

对福尔图纳托加于我的无数次伤害，我过去一直都尽可能地一忍了之。可当那次他斗胆侮辱了我，我就立下了以牙还牙的誓言。你对我的脾性了如指掌，无论如何也不会认为我的威胁是虚张声势。我总有一天会报仇雪恨，这是一个明确设立的目标，而正是此目标的明确性消除了我对危险的顾虑。我不仅非要惩罚他不可，而且必须做到惩罚他之后我自己不受惩罚。若是复仇者自己受到了惩罚，那就不能算是报仇雪恨。若是复仇者没让那作恶者知道是谁在报复，那同样也不能算是报仇雪恨。

不言而喻，到当时为止我的一言一行都不曾让福尔图纳托怀疑过我居心叵测。我一如既往地冲他微笑，而他丝毫没看出当时我的微笑已是笑里藏刀。

他有一个弱点（我是说福尔图纳托），尽管他在其他方面都可以说是个值得尊敬甚至值得敬畏的人。他为自己是个品酒的行家而得意。很少有意大利人真正具有鉴赏家的气质。大概他们的热情多半都被用来寻机求缘，见风使舵，蒙骗那些英格兰和奥地利富翁。在名画和珠宝方面，福尔图纳托和他的同胞一样是个冒充内行的骗子，不过说到陈年老酒，他可是个识货的里手行家。在这方面我与他相去无几。我自己对意大利名葡萄酒十分在行，一有机会总是大量买进。

那是在狂欢节高潮期的一天傍晚，当薄暮降临之时我遇见了我那位朋友。他非常亲热地与我搭话，因为他酒已经喝得不少。那家伙装扮成一个小丑，身穿有杂色条纹的紧身衣，头戴挂有戏铃的圆锥形便帽。我当时是那么乐意见到他，以至我认为可能我从来不曾那样热烈地与他握过手。我对他说："我亲爱的福尔图纳托，碰见你真是不胜荣幸。你今天的气色看上去真是好极了！可我刚买进了一大桶据认为是蒙特亚产的白葡萄酒，[1] 而我对此没有把握。"

"怎么会？"他说，"蒙特亚白葡萄酒？一大桶？不可能！尤其在这狂欢节期间！"

---

1 蒙特亚（Montilla）是西班牙南部科尔多瓦省一自治城镇，所产白葡萄酒（Amontillado）乃世界名酒。下文的雪利酒则是西班牙南部雪利镇所产的白葡萄酒。

"我也感到怀疑，"我答道，"我真傻，居然没向你请教就照蒙特亚酒的价格付了钱。当时没找到你，而我生怕错过了一笔买卖。"

"蒙特亚酒！"

"我拿不准。"

"蒙特亚酒！"

"我非弄清楚不可。"

"蒙特亚酒！"

"因为你忙，我这正想去找卢切西。如果说还有人能分出真假，那就是他。他会告诉我……"

"卢切西不可能分清蒙特亚酒和雪利酒。"

"可有些傻瓜说他的本事与你不相上下。"

"得啦，咱们走吧。"

"上哪儿？"

"去你家地窖。"

"我的朋友，这不行。我不想利用你的好心。我看出你有个约会。卢切西……"

"我没什么约会。走吧。"

"我的朋友，这不行。原因倒不在于你有没有约会，而是我看你正冷得够呛。我家地窖潮湿不堪。窖洞里到处都结满了硝石。"

"可咱们还是走吧。这冷算不了什么。蒙特亚酒！

你肯定被人给蒙了。至于卢切西，他辨不出啥是雪利酒啥是蒙特亚酒。”

福尔图纳托一边说一边拉住我一条胳膊。我戴上黑绸面具，裹紧身上的短披风，然后容他催着我回我的府邸。

家里不见一个仆人。他们早就溜出门狂欢去了。我告诉过他们我要第二天早晨才回家，并明确地命令他们不许外出。我清楚地知道，这命令足以保证他们等我一转背就溜个精光。

我从他们的灯台上取了两支火把，将其中一支递给福尔图纳托，然后点头哈腰地领他穿过几套房间，走向通往地窖的拱廊。我走下一段长长的盘旋式阶梯，一路提醒着紧随我后边的他多加小心。我们终于下完阶梯，一起站在了蒙特雷索家酒窖兼墓窖的湿地上。

我朋友的步态不甚平稳，每走一步他帽子上的铃铛都叮当作响。

“那桶酒呢？”他问。

“就在前面，”我说，“可请看洞壁上这些白花花的网状物。”

他转身朝向我，用他那双因醉酒而渗出黏液的蒙眬醉眼窥视我的眼睛。

“硝石？”他终于问道。

“硝石。”我回答，“你这样咳嗽有多久了？”

“咳！咳！咳！——咳！咳！咳！——咳！咳！咳！——咳！咳！咳！”

我可怜的朋友好几分钟内没法回答。

“这没什么。”他最后终于说。

“喂，”我断然说道，“咱们回去吧，你的健康要紧。你有钱，体面，有人敬慕，受人爱戴。你真幸运，就像我从前一样。你应该多保重。至于我，这倒无所谓。咱们回去吧，你会生病的。要那样我可担待不起。再说，还有卢切西……”

“别再说了，”他道，“咳嗽算不了什么，它要不了我的命。我不会咳死的。”

“当然，当然，”我答道，“其实我也不想这么不必要地吓唬你，不过你应该尽量小心。咱们来点梅多克红葡萄酒去去潮吧。”

说完我从堆放在窖土上的一长溜酒瓶中抽出一瓶，敲掉了瓶嘴。

“喝吧。”我说着把酒递给他。

他睨视了我一眼，把酒瓶凑到嘴边。接着他停下来朝我亲热地点了点头。他帽子上的铃铛随之叮当作响。

“干杯，”他说，“为安息在我们周围的死者们干杯。”

“为你的长寿干杯。”

他再次挽起我的胳膊，我们继续往前走。

“这地窖，”他说，“可真大。”

“蒙特雷索家是个人丁兴旺的大家族。”我回答说。

“我记不起你家的纹章图案了。”

“蓝色底衬上一只金色的大脚，金脚正把一条毒牙咬进脚后跟的巨蛇踩得粉身碎骨。”

“那纹章上的铭词呢？”

“凡伤我者，必受惩罚。”

“妙！”他说。

酒在他的眼睛里闪耀，那些铃铛越发丁零当啷。我自己的想象力也因梅多克酒而兴奋起来。我们已经穿过由尸骨和大小酒桶堆成的一道道墙，来到了地窖的幽深之处。我又停了下来，这回还不揣冒昧地抓住了福尔图纳托的上臂。

“硝石！”我说，“瞧，越来越多了，就像苔藓挂在窖顶。我们是在河床的下面。水珠正滴在尸骨间。喂，咱们回去吧，趁现在还来得及，你的咳嗽……”

“没事，”他说，“我们继续走吧。不过先再来瓶梅多克酒。”

我开了一小瓶格拉夫白葡萄酒递给他。他把酒一饮而尽。他眼里闪出一种可怕的目光。他一阵哈哈大笑，并且用一种令我莫名其妙的手势把酒瓶往上一抛。

我诧异地盯着他。他又重复了那个手势，一个古怪的手势。

“你不懂？”他问。

“我不懂。”我答。

“那你就不是兄弟。”

“什么？”

“你就不是个 mason。”

“我是的，”我说，“我是的，我是。”

“你？不可能！你是个 mason？”

“是个 mason。”我回答。

“给个暗号。”他说。

“这就是。”我一边回答一边从我短披风的褶层下取出一把泥刀。[1]

“你在开玩笑，”他惊叫一声并往后退了几步。“不过咱们还是去看那桶蒙特亚酒吧。”

“这样也好。”我说着把泥刀重新放回披风下面，又伸出胳膊让他挽住。他重重地靠在了我胳臂上。我们继续往前去找那桶蒙特亚酒。我们穿过了一连串低矮的拱道，向下，往前，再向下，最后进了一个幽深

---

1 英文 mason 一词既可指西方一民间秘密团体“共济会”之会员，又可指泥瓦工。从前共济会员互称兄弟，活动时有联络暗号。

的墓穴，里边混浊的空气使我们的火把只冒火苗而不发光亮。

这个墓穴的远端连着另一个更小的墓穴，里面曾一直顺墙排满尸骨，照巴黎那些大墓窟的样子一直推到拱顶。当时这小墓穴有三面墙依然照原样陈列着骨骸，可沿第四面墙堆放的尸骨已被推倒，乱七八糟地铺在地上，有一处形成了一个骨堆。在这面因推倒尸骨而暴露出来的墙上，我们看到了一个更小的凹洞，大约有 4 英尺深，3 英尺宽，六七英尺高。这凹洞看上去仿佛当初被建造时就没派什么特别用场，不过是窖顶两边庞大的支撑体间一个小小的空隙，它的里端是一道坚硬的花岗岩石壁。

福尔图纳托举起他手中昏暗的火把，尽力窥视凹洞深处，可他枉费了一番心机。微弱的火光没法让我们看清凹洞里端。

"进去吧，"我说，"那桶蒙特亚酒就在里面。至于说卢切西……"

"他是个笨蛋！"我朋友打断我的话，踉踉跄跄地朝里走去，而我则跟着他寸步不离。眨眼之间他已走到凹洞尽头，发现去路被石墙挡住。他正傻乎乎地站在那儿发愣，我已用锁链把他锁在了那道花岗石墙上。原来石壁上嵌着两颗 U 形大铁钉，两钉平行相距约两英尺。一颗钉上垂着一条不长的铁链，另一颗上则悬着一把挂锁。将那根铁链绕过他腰间再把链端牢牢锁上，这不过是几秒钟内的事。他当时惊呆了，一点也没反抗。我抽出钥匙，退出了凹洞。

“伸手摸摸墙，”我站在洞口说，“你肯定会摸到硝石。这儿的确太潮了。请允许我再次求你回去。你不？那我当然得留下你了。不过我先得尽力稍稍侍候你一番。”

“蒙特亚酒！”我朋友脱口而出，他当时还没回过神来。

“当然，”我说，“蒙特亚酒。”

说着话我已经在我刚才提到的那个骨堆上忙活开了。我把骨骸一块块抛到一边，下面很快就露出了不少砌墙用的石块和灰泥。用这些材料并凭借我那把泥刀，我开始干劲十足地砌墙封那个洞口。

我连第一层石块都还没砌好，就发现福尔图纳托酒已醒了一大半。我最初知道这一点是因为凹洞深处传来一声低低的悲号。那不是一个醉汉发出的声音。接下来便是一阵长长的、令人难耐的寂静。我一连砌好了第二层、第三层和第四层。这时我听见了那根铁链猛烈的震动声。声音延续了好几分钟。为了听得更称心如意，这几分钟里我停止干活，坐在了骨堆上。

等那阵当啷声终于平静下来，我才又重新拿起泥刀，一口气砌完了第五层、第六层和第七层。这时墙已差不多齐我胸高。我又歇了下来，将火把举过新砌的墙头，把一点微弱的光线照射到里边那个身影上。

突然，一串凄厉的尖叫声从那被锁住的人影嗓子里冒出，仿佛是猛地将我朝后推了一把。我一时间趑趄不前，浑身发抖。随后我拔出佩剑，伸进凹洞里四下探戳。但转念一想我又安下心来，伸手摸摸那墓洞坚固的结构，我完全消除了内心的恐惧。我重新回到墙跟前，一声声地回应那个人的尖叫。我应着他叫。我帮着他叫。我的音量和力度都压过了他的叫声。我这么一叫，那尖叫者反倒渐渐哑了。

此时已深更半夜，我的活儿也接近尾声。我已经砌完了第八层、第九层和第十层。现在最后的第十一层也快完工，只剩下最后一块石头没砌上并抹灰。我使劲儿搬起这块沉甸甸的石头，将其一角搁上它预定的位置。可就在这时，凹洞里突然传出一阵令我毛发倒立的惨笑，紧接着又传出一个悲哀的声音，我好不容易才听出那是高贵的福尔图纳托在说话。那声音说：

“哈！哈！哈！嘿！嘿！嘿！真是个有趣的玩笑，一个绝妙的玩笑。待会儿回到屋里，我们准会笑个痛快。嘿！嘿！嘿！边喝酒边笑。嘿！嘿！嘿！”

“蒙特亚酒！”我说。

“嘿！嘿！嘿！嘿！嘿！嘿！对，蒙特亚酒。可天是不是太晚了？难道他们不正在屋里等咱们吗？福尔图纳托夫人和其他人？咱们去吧。”

“对，”我说，“咱们去吧。”

“看在上帝的分上，蒙特雷索！”

“对，”我说，“看在上帝的分上。”

可说完这句话之后我怎么听也听不到回声。我渐渐沉不住气了，便大声喊道：

“福尔图纳托！”

没有回答。我再喊：

“福尔图纳托！”

还是没有回答。于是我将一支火把伸进那个尚未砌上的墙孔，并任其掉了下去。传出来的回声只是那些铃铛的一阵叮当。我开始感到恶心，由于地窖里潮湿的缘故。我赶紧干完我那份活儿，把最后一块石头塞进它的位置并抹好泥灰。靠着新砌的那堵石墙我重新竖起了原来那道尸骨组成的护壁。半个世纪以来没人再动过那些尸骨。愿亡灵安息！

罗德曼探险日记

第一章

我们必须认为，本刊[1]能就此题目向读者奉献这个故事——这个不同凡响并肯定会引人入胜的故事，完全是因为异乎寻常的好运。本刊随后要连载的这部日记，不仅生动地记述了文明人首次翻过那道由崇山峻岭组合、由雪峰峭壁构成、从北冰洋海岸向南延伸到达连地峡[2]的巨大屏障之壮举，而且更重要的是，还详述了穿越山脉那边一片茫茫旷野的探险旅行，而时至今日，那片茫茫旷野仍被视为一个人迹罕至、鲜为人

1　指由威廉·伯顿（William Burton）创办并主编的《绅士杂志》文学月刊。爱伦·坡于 1840 年 1 月受雇于该刊，并从 1 月号起在该刊连载《罗马的日记》，但因 6 月与主编伯顿发生争执而离开该刊，因此终止了续写这个长篇故事。

2　达连地峡（the Isthmus of Darien），巴拿马地峡的旧称。

知的地区，在我们能弄到手的每一张北美地图上，该地区均被标为“未勘察区域”。那片广袤的土地是北美洲大陆范围内唯一没被勘察过的地区。鉴于这种情况，想必读者会原谅我们向公众力荐这部《日记》时所附上的这一小段加油添醋的引言。作为本刊编辑，在细读此稿的过程中，我们感到了一种从未被其他同类叙述引发过的兴趣，而且我们相信，本刊与此稿的关系，本刊在首次披露此稿中所起的媒介作用，并未对引发这种兴趣产生过不适当的影响。我们深信，本刊所有读者将会和我们持同样的看法，即认为记录在此的那番探险经历不仅脍炙人口，而且非常重要。那位既是探险队之领队和核心，又是该队之历史学家的先生具有一种乖僻的性格，这种性格使他在其字里行间倾注了一种极富传奇色彩的热情，这种热情洋溢的文风完全不同于在大多数同类叙述中所盛行的那种具有统计学意味的不冷不热的格调。把手稿交给我们的詹姆斯·罗德曼先生是本刊大多数读者都熟悉的一位先生。他在一定程度上秉承了那种使他祖父的前半生充满艰辛的气质，他祖父便是这篇叙述的作者朱利叶斯·罗德曼先生。我们所说的气质是指一种遗传的忧郁症。正是这种病症，而不是任何别的原因，促使作者完成了后文所记述的那次非凡的旅行。依本刊之见，作者之所以在日记篇首记叙自己打猎捕貂，仅仅是要为那次大胆而新奇的尝试制造一个借口。我们认为（相信我们的读者也将同样认为），他踏上旅途的唯一动机只是一种渴望，一种到荒野中去寻求安宁的渴望，他要去寻求他孤僻的性格使他在人际交往中没法获得的安宁。他是像投奔朋友一样奔向荒原。若非如此，我们就没法用人类行为的一般概念来解释他日记中的许多要点。

本刊适当地删去了手稿中的两页，罗德曼先生在那两页中讲述的是他前往密苏里河上游之前的一些生活情况。鉴于此，我们最好是在这儿将那两页内容简述如下：他出生在英国，他的亲戚在英国都很有身份，他也曾在那儿接受了良好的教育。1784 年（当时他快满 18 岁），他随父亲和两个未出嫁的姐姐从英国移民来到了这个国家。他们先住在纽约，但后来迁徙到肯塔基，以一种几乎与世隔绝的方式定居在密西西比河畔，就靠近现在米尔斯岬伸入河中的那个地方。老罗德曼先生于 1790 年秋天去世。在随之而来的冬季里，他的两个女儿又在短短的数星期内相继死于天花。其后不久（1791 年春天），朱利叶斯·罗德曼先生便开始了构成后文的那次探险旅行。如后文所述，他于 1794 年结束探险归来，留居在弗吉尼亚州阿宾敦附近，他在那儿结了婚并有了三个孩子，他的大多数子孙现在还生活在那个地方。

我们从詹姆斯·罗德曼先生口中得知，他祖父在充满艰难险阻的旅途中只记下了一本简略的日志。他交给我们的手稿是他祖父在多年之后根据那本日志重新写成的，当时敦促他着手这项工作的是安德烈·米绍先生，即那位写出了《北美植物》和《北美橡树研究》的法国植物学家。大家也许还记得，当年杰斐逊先生打算派一支考察队越过落基山脉时，这位米绍先生曾表示愿为那位政治家效劳。结果他受命执行这项计划，甚至率队行进到了肯塔基，这时法国驻费城公使的一道命令把他追上，要他放弃探险计划，到别处去完成他本国政府要他进行的植物研究工作。探险的任务因此就落到了刘易斯和克拉克二位先生肩上，而他俩后来成功地完成了这项任务。

不过手稿写成后从不曾送到米绍先生手中供他审阅，而且人们一直认为，那位被委托去送稿的年轻人在去米绍先生位于蒙特赛罗附近的临时住处途中不慎将稿遗失。人们千方百计想找回遗失的手稿，可脾性乖戾的罗德曼先生对寻找却不甚感兴趣。这也许的确显得奇怪，但据本刊对作者的了解，我们怀疑他是否真正想过要把自己非凡的经历公诸世人。我们认为，他修饰润色自己的原始日记，仅仅是为了满足米绍先生的请求。甚至当杰斐逊先生的探险计划最初提出，引得人们为之议论纷纷并一致认为该计划新鲜之时，我们这篇叙述的主人公也只对他的家人发表了两句无关痛痒的评论。他从不对人谈起他自己的那次旅行，似乎他更愿意避开这个话题。他未等到刘易斯和克拉克探险归来就阖然长逝。那部本该由信使送给米绍先生的日记大约在三个月之前被人找到，手稿是从朱利叶斯·罗德曼先生生前使用的那张书桌的一个秘密抽屉里找出的。我们不知道是谁把手稿放进了那个抽屉，罗德曼先生的亲戚异口同声地否认了由他本人偷藏的可能性。然而，尽管我们不想冒犯那位已故的绅士，也无意对詹姆斯·罗德曼先生失礼（本刊对他怀有深深的感激之情），但我们禁不住认为，完全有理由假定是作者本人设法从信使手中收回了手稿，并将其藏在了后来被发现的那个地方，毕竟这种假定完全符合作者本人所独具的那种近乎于病态的乖戾脾性。

我们绝不想改变罗德曼先生的记叙风格，所以对手稿只做了一点小小的变动，那就是稍稍删去了一些文字。其实这种风格已无须改进，它简洁明快，感染力强，表达了一种深深的喜悦，而作者正是怀着这种喜悦终日陶醉于他所穿行的大自然的庄严与新奇之中。

日记通篇都渗透着一种深情，即使面对艰难险阻时也不例外，此情让我们一下就完全了解了作者的个性。他对大自然怀着一腔赤诚的爱，他不仅爱她宁静而温馨的容颜，而且说不定更崇拜她苍凉而凄迷的面貌。他显然是怀着一种连我们读起来都感到羡慕的狂喜极乐，大踏步穿过那片茫无涯际，而且往往无路可行的圹埌之野。他的确就是行进在他显然非常喜欢描述的那些大漠荒原上的那个人。他拥有一颗敏感的心。他具有一种真正的感受能力。因此我们把他的日记视为一件瑰丽的珍宝，一件绝对无与伦比、空前绝后的珍宝。

日记中所叙述的事件迄今秘而未宣，甚至连罗德曼先生比刘易斯和克拉克的探险队更早越过落基山脉之事实也从未向公众披露，或者说从未在任何一本关于美洲地理的书中被提到（因为据本刊所知，这事实绝对没有被公开提及），这种情况必须被视为异乎寻常，事实上奇怪得令人不可思议。根据我们从各方面获悉的情况来看，据说只有米绍先生在一封未公开发表的信中提到过这次旅行，此信现在为弗吉尼亚州夏洛茨维尔城的 W·怀亚特先生所拥有。米绍先生在该信中以一种随便的口吻把那次旅行称为“一个实施得令人惊叹的伟大计划”。是否还有其他人曾提到过这次旅行，对此我们现在还不得而知。

在读罗德曼先生本人的叙述之前，我们似乎应该大致回顾一下，在对这块大陆之西北部的探险考察中，其他人曾有过哪些发现。假若读者愿意展开一幅北美地图，那他将更容易了解我们这番回顾。

从地图上可以看到，这块大陆自北向南从北冰洋，或者说从北纬 70 度线延伸至北纬 9 度线，由东向西从西经 56 度线铺展到 168 度线。如今，这块辽阔大陆的每一个地方都或多或少地留下了文明人的足迹，而且其相当大一部分实际上已有白人永久定居。但是，这块大陆上还有一大块地方迄今仍被我们所有的地图标为“未勘察区域”，人们时至今日也一直这样认为。这块广漠的土地位于大陆之西北部，南临北纬 60 度线，北濒北冰洋波弗特海，东面以落基山脉为界，西边则与俄罗斯的属地接壤。[1] 但荣誉归于罗德曼先生，他早已从各个方向穿越了这片神奇的大漠荒野。眼下发表的这篇叙述之最引人入胜的细节就是关于他在这一地区的探险和发现。

也许由白人在北美大陆进行的最早的旅行探险活动当属埃纳潘和他的朋友们于 1698 年进行的那次，但由于他所考察的地区多半是在南部，所以我们觉得没

1　当时阿拉斯加尚属俄国。

有必要加以详说。

华盛顿·欧文先生在其《阿斯托里亚》一书中提到了乔纳森·卡弗上尉的那次尝试。不过在这一点上，欧文先生看来是弄错了，因为我们在亚历山大·麦肯齐爵士[1]的一卷日记中发现，哈得孙湾毛皮贸易公司早在1749年和1758年就先后进行过横越北美大陆的尝试。这两次尝试均被认为遭到了彻底的失败，因为实际的探险活动没留下任何记录。卡弗上尉的那次远行是在1763年，就在加拿大被英国获取之后不久。他当时打算顺着北纬63度线和64度线之间的地带横越大陆到太平洋岸。他的目的是弄清这块大陆自东往西的最宽部分之宽度，并在西海岸为政府选定一个可以建立贸易站的地方，以便发现一条西北通道，或者说一条连接哈得孙湾和太平洋地区的通路。他曾以为当时被叫作俄勒冈河的哥伦比亚河是在阿尼安海峡附近注入太平洋，而他预期建立贸易站的地方也就是那里。他还认为往该地附近移民拓居可开发新的贸易资源，并开辟出一条比绕行好望角更直接的连通中国和英属东印度群岛的海上通道。然而，他试图翻越落基山脉

1　麦肯齐（Sir Alexander Mackenzie，1764—1820），加拿大探险家。Mackenzie旧译“马更些”，故以这位探险家命名的河山在中国出版的地图上标为“马更些河”“马更些山脉”等。

的努力最终归于失败。

按时间顺序算，接下来在美洲北部的重要探险是塞缪尔·赫恩的数次远征，为了寻找铜矿，他于 1769 年、1770 年、1771 年和 1772 年几次从哈得孙湾的威尔士太子港[1]出发向西北方向挺进，最后到达了北冰洋海岸。

在此之后我们不得不记载下卡弗上尉于 1774 年着手的第二次尝试，这一次与他合作的是理查德·惠特沃思，一名腰缠万贯的议员。我们之所以注意到这次尝试，仅仅是因为其计划之庞大，而事实上这项计划从来就没有实施。这两位先生打算组织一支包括工匠和水手在内的五六十人的探险队，沿密苏里河的一条支流溯流而上，到落基山脉寻找俄勒冈河的源头，然后沿着那条河顺流而下，直抵他们想象中的在阿尼安海峡附近的河口。他们计划在那儿建一个要塞，并为进一步的探险建造船只。美国独立战争的爆发中止了这项计划。

早在 1775 年，加拿大传教士就把毛皮生意沿萨斯喀彻温河朝西北方向做到了北纬 53 度，西经 102 度的河段两岸。而到 1776 年初，约瑟夫·弗罗比舍先生又沿这个方向到达了北纬 55 度、西经 103 度之方位。

---

1 即今丘吉尔港。

1778年，彼得·邦德先生率四只小船朝埃尔克河进发，到了该河和赫尔斯湖交汇处以南约30英里的地方。

现在我们不得不提到另一个刚一开始就夭折的计划，一次试图横越从此洋到彼洋之大陆最宽阔部分的尝试。这次尝试几乎不为公众所知，只有杰斐逊先生一人提到过，而且是以一种草率的方式。杰斐逊先生说，莱迪亚特随库克船长成功地航行归来之后，曾在巴黎拜访过他，并表示他渴望一次新的冒险。于是他（杰斐逊先生）建议他经陆路从巴黎到勘察加半岛，搭乘一条俄国船越过太平洋到温哥华岸边的鹿特卡海峡，南下找到密苏里河的源头，然后穿过那一地区，顺密苏里河直达美国[1]。莱迪亚特以获得俄国政府的允许为条件接受了这一建议。杰斐逊先生成功地满足了他的条件。莱迪亚特从巴黎出发，到达圣彼得堡时叶卡特琳娜女皇已去莫斯科过冬。他的经济状况不允许他在圣彼得堡做不必要的逗留，于是他持一名部长签发的护照继续赶路，后来在距勘察加200英里处被一名女皇的官员拘留，原来女皇改变了主意，不允许他再继续前进。他被推进一辆封闭的马车，并被日夜兼程地送到波兰境内，然后他就被丢在了那里。杰斐逊先生在

1　当时美国的西部疆界是密西西比河。

谈到莱迪亚特这次旅行之时，错误地把它称为“考察我们北美大陆之西部的首次尝试”。

紧接着的就是亚历山大·麦肯齐爵士于1789年进行的那次令世人瞩目的探险。他从蒙特利尔出发，经渥太华河、尼皮辛湖和休伦湖，绕苏必利尔湖北岸，借助被称为大通道的路上运输进入雷恩河，再进入乌兹湖、波内特湖和狗头湖之头部，经温尼伯湖南岸，穿锡达湖并过萨斯喀彻温河口进斯特奇恩湖。然后再借陆上转运进米希利比湖，接着穿黑熊湖、普里摩湖和野牛湖，抵达一条从东北方向往西南方向绵亘的山脉。此后经埃尔克河进梅尔斯湖，再顺奴河进大奴湖，绕该湖之北岸至马更些河，最后便顺着这条大河直达北冰洋。在这次漫长的旅行中他经历了许许多多最难以克服的艰难险阻。在他沿马更些河顺流而下的全程中，他一直都在落基山脉东坡脚下，不过他没有越过那道屏障。但1793年春天，他再度从蒙特利尔出发循原路线行至安基卡河口，或者称皮斯河口，这时他掉头向西沿皮斯河溯流而上，在北纬56度线上进入落基山脉，然后他转向朝南，直到发现一条当时被他命名为鲑鱼河（现名弗雷塞河）的河流，他沿此河顺流而下，最后终于在北纬40度线附近抵达了太平洋。

刘易斯上尉和克拉克上尉那次著名的探险考察实

施于 1804 至 1806 年间。1803 年，由于与印第安诸部落共建贸易站的法案即将到期，对该法案的一些修正条款（意在把贸易范围扩展到密苏里河两岸的印第安部落）由杰斐逊总统以机要咨文的形式于 1 月 18 日向国会提出。为了开辟这条贸易通道，咨文提议派一支探险队溯密苏里河而上，直抵其源头，在那儿翻过落基山脉，然后循其西坡的最佳水路到达太平洋。这个计划得到了彻底的实施。刘易斯上尉探查了（但并非像欧文先生所说的“首次发现”了）哥伦比亚河上游，并顺流而下到了其河口。哥伦比亚河之源头早在 1793 年就被麦肯齐涉足。

在刘易斯和克拉克沿密苏里河溯源而上的同时，泽不伦 · 派克少校也沿着密西西比河逆流而上，并成功地在明尼苏达的伊塔斯湖找到了它的发源地。根据政府的一系列命令，他从密西西比河折回时又转向朝西，在 1805 至 1807 年间先后找到了阿肯色河之源（在北纬 40 度线上的落基山脉中），然后跨过欧塞奇河和堪萨斯河，最后到了普拉特河的源头。

1810 年，西北毛皮贸易公司的合伙人戴维 · 汤普森率一支庞大的探险队从蒙特利尔出发，要横穿大陆到达太平洋岸。他前半段行程所循的是麦肯齐 1793 年走过的路线。他此行的目的是要为约翰 · 雅各布 · 阿斯托先生的公司预定出一个计划，即在哥伦比亚河口建立一个贸易站。他的手下人多半都在落基山脉东坡就弃他而去，但他终于带着仅剩的 8 名追随者成功地翻越了那座大山，找到了哥伦比亚河的北支流，而且所到之处比以往任何白人所到过的河段都更靠近该河的发源地，最后他顺流而下到达了河口。

1811 年，阿斯托先生那个引人注目的冒险计划得以实现，至少就横穿大陆的旅行而言。由于欧文先生已经让读者充分了解了这次旅行的细节，所以我们在此只需简单介绍一下。此行的目的我们刚才已讲过。探险队（由威尔逊·普赖斯·亨特先生率领）行进的路线是从蒙特利尔出发，溯渥太华河而上，穿尼皮辛湖及一连串小河小湖到奇利马基洛克，或称麦基诺城；然后从密歇根湖之绿湾经福克斯河进入威斯康星河，到达该河与密西西比河之交汇处的普雷尔杜申城；接着顺密西西比河到圣路易斯，再向西拐进密苏里河逆流而上，到达离河口 1430 英里、位于北纬 46 到 47 度线之间的阿里卡拉印第安人村寨；随之朝西南方向跨过荒原，在普拉特河和黄石河的发源地附近翻越落基山脉，最后顺着哥伦比亚河的南支流进入主流直达太平洋岸。从这支探险队返回的两个小分队也踏出了两条穿越该地区的充满危险的通道。

接下来的重要旅行探险是斯蒂芬·朗上校进行的那次。这位先生于1823年出发，先抵圣彼得河之源头，又达温尼伯湖，再到乌兹湖，等等。至于时间上更靠近今天的博纳维尔船长以及其他一些人的探险之旅，我们几乎没有必要在此赘述，因为它们对公众来说还记忆犹新。博纳维尔船长的探险经历已有欧文先生的详细叙述[1]。他于1832年从欧塞奇要塞出发越过落基山脉,并在山脉以西地区考察了3年。最近一些年来，美利坚合众国的疆土差不多已被科学家或探险者踏遍。但除了罗德曼先生和他那支小小的探险队，我们还从来不知位于我国疆界之北、马更些河以西的那片大漠荒野留下过文明人的足迹。读者从以上回顾可以看出，关于是谁首次跨越洛基山脉这个问题，荣誉绝对不应该归于刘易斯和克拉克，因为麦肯齐在1793年就翻过那座大山。而事实上，罗德曼先生才是越过那道巨大屏障的第一人，他翻越该山脉的时间是1792年。因此，我们并非没有充分的理由要求公众注意本刊现在发表的这篇非凡的叙述。

《绅士杂志》编辑部

1840年1月

1　见华盛顿·欧文（Washington Irving，1783—1859）的长篇小说《博纳维尔船长历险记》（*The adventures of Captain Bonneville*，1837）。

第二章

父亲和两个姐姐死后，我不再有兴趣管理我家在米尔斯岬附近的农场，便以非常低廉的价格把它卖给了朱诺先生。我过去曾常常想去密苏里河上游下套子捕河狸、水貂，现在我决定到那条河上去进行一次探险，同时尽量获取毛皮，我相信获得的毛皮可以卖给西北毛皮贸易公司设在矮山镇的代理收购站。我认为只要稍稍有点勇气和胆量，这比我干别的活儿更有利可图。尽管我从来没打过猎，也没设过陷阱，可我从来就喜欢追猎捕兽，而且我还有一种到西部地区去探险的强烈欲望，皮埃尔·朱诺曾经常跟我谈起那个地区。皮埃尔是买我农场的那位邻居的长子，他行为古怪，性情乖戾，但仍不失为这世上心肠最好的人之一。虽说他体格不算健壮，可他肯定和普通人一样不乏勇气。他的祖籍是加拿大，曾受雇于毛皮公司出过两趟不远的远差，充当的角色是运送毛皮的船夫，所以他喜欢别人叫他水手，并对自己的经历津津乐道。我父亲生前很喜欢皮埃尔，我对他的看法也挺不错，而且他还是我二姐珍妮特别喜爱的男人，我相信，如果不是上帝把她召回，他俩很可能早就结成了夫妻。

皮埃尔看出我在父亲死后拿不定主意干什么，便怂恿我组织一支不小的探险队到河上去探险，并表示愿意随我同去。他不费吹灰之力就如愿以偿。我俩商定要尽可能地沿密苏里河逆流而上，一边行进一边打猎捕貂，直到获得的毛皮足以让我俩发一笔财时再原路返回。他父亲对此不反对，并给了他 300 美元。于是我俩便动身去矮山镇购置旅行所需的装备并招募人员。

矮山镇[1]是密苏里河北岸的一个小地方，离密苏里河与密西西比河的交汇处约 20 英里。小镇位于一溜低矮的小山脚下，坐落在一道岩石壁架上，位置之高足以避免遭 6 月的洪水袭击。小镇西端只有五六幢木头房子，但东头一座小教堂和十三四幢漂亮的住宅依山傍水顺河而立。镇上大约有 100 居民，多半是加拿大克里奥尔人。他们非常懒惰，没有尽力去耕种周围肥沃的土地，只是偶尔在房前屋后开出一片小小的菜园。他们主要靠捕猎为生，并从印第安人那里贩毛皮，贩来的毛皮则卖给西北毛皮公司的代理商。我们本来指望能轻易地在那儿招募到足够的人手，或者购置到旅行所需的装备，但结果这两方面都令我们失望，因为

1　即今圣查尔斯城（St. Charles）。——原注

那地方什么东西都匮乏，所能提供的物资不足以保证我们的航行既安全又实惠。我们计划穿过一片到处是印第安人部落的地区，对那些印第安人我们除了道听途说便一无所知，而我们有充分的理由相信他们既凶狠残暴又阴险狡诈。所以我们不仅需要招募到足够的人手，而且尤其需要购置充足的武器弹药。如果要使我们的航行有利可图，我们还得弄到足以装下我们可能获得的毛皮的船只。我们到达矮山镇时是3月中旬，可到5月底我们才准备好所需的一切。我们不得不两次顺河而下到米尔斯岬招人购物，而人员物资都需花重金方可得到。若不是皮埃尔碰巧遇上了一支从密西西比河上游返回的探险队，那我们很可能就弄不到我们必不可少的一切。他当机立断地雇下了该探险队最棒的6名队员，买下了一只独木舟，或者说像独木舟的小船，同时他还买了该队大部分剩余的物品和弹药。

这及时的援助使我们在6月1日之前做好了出发的一切准备。6月3日（1791年），我们告别了矮山镇的朋友，踏上了旅行探险的征途。我们的探险队共有15名成员。其中5名从矮山镇招募的加拿大人都有过在密苏里河上短途航行的经历。他们都是一流的船夫，而且都是极好的伙伴，至于说到唱法国民歌和开怀畅饮，他们一个个都出类拔萃，不过很少看见他们中有谁醉得不能干活儿。他们总是朝气蓬勃，总是随时准备听候吩咐，但作为猎手，我并不认为他们值得一提，而作为战士，我很快就发现他们不可依靠。这 5 个加拿大人中有两人是作为翻译而受雇，我们指望在顺河而上的前五六百英里（假若我们能走那么远的话）由他俩同当地人打交道，如果此后还有必要，我们则希望能找到一名印第安人来充当临时翻译。不过我们决定要尽可能地避免与印第安人遭遇，我们宁愿自己捕获猎物，也不愿冒险同他们做交易，因为我们人数太少。我们的策略是尽量小心谨慎，不到万不得已绝不暴露我们的行踪。

皮埃尔从密西西比河那条返航的船上雇来的 6 个人与这 5 个加拿大人要有多么不同就多么不同。他们中有 5 个是亲兄弟，姓格里利（分别名叫约翰、罗伯特、梅雷迪斯、弗兰克和波因德克斯特），很难找到一群比他们更勇敢而英俊的小伙子。约翰·格里利是兄长，在五兄弟中也最为勇敢慓悍，他以其最强健的体魄和最精湛的枪法而闻名于肯塔基——他们五兄弟都来自那个州。约翰足足有 6 英尺高，长得腰圆膀阔，腿粗臂壮。像大多数有一身钢筋铁骨的汉子一样，他的性情也非常温和，因而我们大家都很喜欢他。另外四兄弟虽说不能与约翰相比，但也一个个长得身强力壮。波因德克斯特个头挺高，但身子骨很瘦，而且相貌狰狞可畏，不过他和他哥哥一样为人顺和。他们全都是经验丰富的猎人和百发百中的枪手。他们很乐意地接受了皮埃尔要他们随我们走的建议，我俩同他们商定，从这次冒险活动所获得的利润中，他们将分得同皮埃尔和我一样多的一份。这也就是说，我们将把利润分成3份：一份归我，一份归皮埃尔，另一份则由他们兄弟五人平分。

从那条返航船上招来的第六个人也是一把好手。他名叫亚历山大·沃姆利，是弗吉尼亚人，性格非常古怪。他原本是一名宣讲福音的牧师，后来他幻想自己是一个预言家，便蓄着长须长发并赤着双脚四处漂泊，逢人就长篇大论地夸夸其谈。现在他的幻觉已转向了另一个渠道，眼下他一心想的只是要在某个荒僻之处发现金矿。在这一点上他疯狂得到了无以复加的地步，但在其他所有方面他都非常清醒，甚至可以说非常敏锐。他是名挺棒的船夫，又是个优秀的猎手。他不仅体壮力大，快步如飞，而且其勇气也非同一般。由于此人热情洋溢的天性，我对他寄予了很高的期望，而正如最后将要显露的一样，我这番期望没有被辜负。

我们另外的两名队员一个是跟随皮埃尔·朱诺的黑人，名叫托比，另一个是我们在米尔斯岬附近的树林里偶然遇到的异乡人，当时我们一提起旅行计划他就参加了我们的探险队。他名叫安德鲁·桑顿，也是弗吉尼亚人，而且我认为他出身名门，属于该州北部的桑顿家族。他离开弗吉尼亚大约已有3年。这3年期间他一直在西部地区流浪，陪伴他的只有一条硕大的纽芬兰狗。他既不收集毛皮，也看不出有别的目的，似乎漂泊和冒险就是他唯一的嗜好。当夜晚宿营围坐在篝火旁边时，他常常给我们讲他在荒野的冒险经历和所吃的苦头，并经常逗得我们哈哈大笑。他讲述时的坦率和诚挚不容我们对他的故事有丝毫怀疑，尽管他讲的很多经历都令人难以置信。后来的经历让我们懂得了这位孤身猎手所遭遇的危险和困难绝不可能被夸张，而真正困难的倒是如何才能栩栩如生地向听众讲述那些遭遇。我从第一眼看见桑顿就对他产生了好感。

我刚才对托比只是一笔带过，但他并非我们探险队里最不重要的人物。他在老朱诺先生家已待了许多个年头，早已经证明了自己是一名忠心耿耿的黑人。对我们的这种探险来说他已经太老，可皮埃尔不愿撇下他。不过他身子骨还算硬朗，还能承受得住巨大的辛劳。说到身子骨，恐怕皮埃尔才是全队中最单薄的一个，可是他具有非凡的智慧，而且有一股无所畏惧的勇气。他有时盛气凌人，脾气粗暴，这使他多次与其他人发生争吵，其中最激烈的一两次还差点儿让我们的探险半途而废，但他是一个真正的朋友，而我非常珍惜他的友谊。

我现在已经简单地介绍了我们探险队离开矮山镇时的全体成员。[1]为了装下全部人员和装备，也为了返回时装载可能弄到的毛皮，我们准备了一大一小两条船。小船是一条桦皮舟，构成船身的桦树皮用云杉根须缝合，缝口则用松脂涂抹，整条船轻得只需 6 个人就能轻易抬走。小船有 20 英尺长，可用 4 柄到 12 柄桨划动，满载时的吃水大约是 18 英寸，而空船时则不足 10 英寸。大船是一条有龙骨的内河货船，由我们在矮山镇雇人建造（小船是由皮埃尔从那支密西西比河探险队买来的），有 30 英尺长，满载时的吃水为两英尺。它有一层 20 英尺长的甲板一直铺到船头，这样便构成了一船舱，船舱有道结实的门，舱内的空间足以挤下我们整个探险队，因为船身很宽。船舱部分子弹穿不透，因为舷墙的两层橡木板中填塞了麻絮。我们在舱壁上

1　罗德曼先生还没有介绍自己，而没有这位队长的形象，对他那支探险队的介绍就不算完整。詹姆斯·罗德曼先生在此刻摆在我们面前的一份备忘录中说：“他出发去河上探险那年大约是 25 岁。他精力充沛、思路敏捷，但个子不高，大概只有五英尺零三四英寸。他身体强壮，稍稍有点罗圈腿。他的相貌具有犹太人的特征，嘴唇很薄，表情忧郁。——《绅士杂志》编辑部

钻了好几个小孔，万一遭到敌人袭击它们可作为枪眼，我们还可以通过它们观察敌人的行动。而在关上舱门的时候，这些小孔又成了通风采光的小窗。我们还备有结实的塞子，必要时可以把它们堵上。剩下的10英尺没铺甲板，那里可容架起6柄桨，但我们主要依赖在甲板上撑篙。船上还有一根很容易拆装的短桅杆，它的位置离船头有7英尺左右，顺风时我们可扯起一块巨大的方帆，若遇逆风就连帆带桅一并收起。

我们在船头甲板下的一个隔间里堆放了10桶优质火药，并有我们认为与火药成比例的足够多的铅弹，其中十分之一是铸好的步枪子弹。我们还在那儿放了一门小小的铜炮及其炮架，炮身和炮架拆开是为了节省空间，我们认为这门小炮在探险过程中说不定还真有派上用场的时候。这门小炮原为西班牙人所有，两年前，一队西班牙人乘一条小船携3门小炮顺密苏里河而下，在矮山镇上游几英里处不慎将小炮全都掉进了河里。后来冲积而成的一块沙洲大大地改变了小炮落水处的河道，结果有个印第安人发现了其中的一门，他找人帮忙把小炮弄到矮山镇换了一加仑威士忌。镇上的人闻讯后又溯流而上找回了另外两门。这种炮很小，但用上等铜铸就，制造精良，炮身上刻着蛇纹装饰图案，就像有些法国野炮炮身上刻的那种。找炮的时候同时找回了50发铁铸炮弹，这些炮弹也被我们买下。我特意提起我们这门小炮的来历，因为大家将会发现，它在我们后来的几次战斗中发挥了重要的作用。除了这门小炮，还有15支多余的步枪也装在箱里和其他重物一并放在船头隔间。我们把重物放在前面是为了压低船头，这是对付河中沉木和漂流树的最好办法。

其他武器我们准备得也很充分，除了常备的步枪和子弹之外，每个人还佩有一柄战斧和一把匕首。两条船都配备一个露营用的水壶、三把大斧子、一根纤绳、两块必要时用来遮盖货物的油布，以及两块用来吸舱底水的大海绵。小船也装有短桅和帆（这一点我刚才忘了提及），并带有补船用的松脂、桦树皮和云杉根须。小船上还装有我们认为有必要带上的印第安人喜欢的货物，这些货物是从密西西比河那条返航船上买来的。我们并不打算同印第安人做生意，但这些货物的价格实在低廉，所以我们认为最好还是买下，因为他们也许会被证明有用。这些货物包括丝绸和棉布手巾，棉线、麻线和绳索，鞋帽和长筒袜，小刀具和小五金，白棉布和印花布，曼彻斯特纺织品，卷烟和机制烟草，缩绒毛毯，以及玻璃装饰品和串珠项链等等。所有这些货物都被打成小包，每人可以扛动三包。给养也装成这样的小包以便携带，并分装在两条船上。我们一共有200包猪肉，600包干饼和600包牛肉干。这些食品由矮山镇的加拿大人为我们制作。他们告诉我们，由于担心在长途航行中打不到足够的猎物，西北毛皮公司的人远行时都准备这样的食品。这种食品的制作方式非常奇特。猪或牛的瘦肉部分被切成薄片，放在木架上用微火烘，或放在露天由太阳晒（像我们这批食品），有时则任其霜冻。待肉被烘干、晒干或是霜干后，再放入两块大石头之间磨碎，这样便可保存好几年。但如若把太多的肉干贮藏在一起，到春天化冰季节它们就会发酵，而如果存放的地方通风不良，它们则很快就会腐烂变质。猪牛腹内的脂肪连同臀部的肥肉一同熬化，并趁其沸腾状态一半对一半地与捣碎的瘦肉干混合，然后将其装成小袋，食用时无须再进行蒸煮，而且无盐无菜吃起来也很可口。最好的肉干在制作时还要加入骨髓和干果仁，这是一种上等食物。[1]我们的威士忌被分装在20个有藤条网保护的大瓶里，每瓶5

---

1 我们完全是第一次听说罗德曼先生描述的这种肉干，它不同于我们的读者在帕里·罗斯和巴克这些北极探险家们的日记中读到并已熟悉的那种肉干。如果我没记错，那种肉干的制作方法是先将瘦肉（仔细地剔除肥肉）放在锅里久煮，直到锅里的水大部分蒸发并呈现出一种浓汁状。这时再往浓汁里加入大量的盐和各种香料，据认为，这样制成的肉干一小块里就含有大量养分。然而，一名美国医生曾有机会通过病人胸部的一个切口观察并测试了消化吸收过程，他的实际经验证明，这一过程的基本要素是食物的量本身，因此浓缩食物的营养性在很大程度上是一种不能自圆其说的荒谬的看法。——《绅士杂志》编辑部

加仑，总共是100加仑。

当所有的物品装载完毕，当我们全队人员以及桑顿那条狗都登上了船，这时我们发现除了大船上那个船舱之外，两条船上能活动的空间都所剩无几，我们计划遇上坏天气时要在那个舱里过夜，所以里面除了一些武器弹药、捕河狸的夹子和一块熊皮地毯之外就没再堆放货物。船上拥挤的状况使我们想出了一个本来早就应该采取的措施，那就是派出4名猎手跟着船队沿河岸而行，他们不仅可以沿途打猎，而且还可以起到侦察兵的作用，让我们提前得知是否有印第安人靠近。为此我们买了两匹好马，一匹交给沿南岸步行的罗伯特和梅雷迪斯兄弟，另一匹则交给沿北岸行走的弗兰克和波因德克斯特哥儿俩。配给他们马匹是为了驮载他们可能捕到的猎物。

这个安排使船上的人减少到11名，拥挤的状况大为改观。小船上有两名矮山镇人，和他俩一起的是托比和皮埃尔·朱诺。大船上有预言家(我们都这样叫他)，或者说亚历山大·沃姆利、约翰·格里利、安德鲁·桑顿、3名矮山镇人和我自己，另外还有桑顿那条狗。

我们行进的方式有时是用桨划船，但这种时候不多，更经常的是拉着岸边树枝让船前进。在河岸允许的地段我们就使用纤绳，这是最轻松的一种方式，我们一些人上岸拉纤，另一些则留在船上用篙使船头不致撞上河岸。很多时候我们是一齐用力撑篙。那些加拿大人不仅是划桨的好手，而且也是撑篙的行家（当河底不全是淤泥流沙而且河水也不太深时，撑篙是让船行进的一种好办法）。他们使用的篙又长又硬又轻，篙端包有尖铁套。撑篙时他们先面向船尾站在船头，船舷两侧的人数相等，接着他们把长篙伸到河底支牢，再用自己戴有垫子的肩头抵住篙端，然后他们一边用力撑篙一边顺着舷边向船尾行走，这样便产生出巨大的力量推船前进。撑篙的时候船上无须有人掌舵，因为篙能非常准确地控制行船的方向。

凭着这些不同的行船方式，再加上偶遇急流浅滩时下河涉水拖船的方法，我们开始了在密苏里河上的航行，一次充满冒险经历的航行。在我们的心目中，这次探险的主要目的是获取毛皮，获取的主要手段是尽可能不声张地自己猎杀或设陷阱捕捉猎物，而不直接同印第安人做交易，我们早已从所听所闻中得知，印第安人是一个刁滑奸邪的种族，我们人少，同他们打交道完全没有保障。以往的探险者沿我们计划中这条路线所获之毛皮包括河狸皮、水獭皮、水貂皮、山猫皮、白貂皮、麝鼠皮、熊皮、狐皮、狼獾皮、浣熊皮、食鱼貂皮、狼皮、野牛皮、鹿皮和麋皮，不过我们这次打算把猎取的范围限制在最珍贵的几种毛皮上。

我们从矮山镇出发的那个早晨天清气爽，令人振奋，我们全队人个个欢欣鼓舞，精神抖擞。夏天几乎还没有来临，迎面吹来的劲风一开始还具有春风那种令人心旷神怡的温柔。阳光灿烂，却不让人感到炎热。河面上的冰早已融化，一河滔滔的巨流淹没了枯水期损害两岸容颜的污泥烂淖。此时的密苏里河展示出了一幅最壮丽的景象，它的半河水穿流在一岸的垂柳与白杨之间，半河水拍打着另一岸的悬崖峭壁。当我极目眺望从西边天际滚滚而来的洪流，想到河水可能流经的大漠荒野，想到那一片迄今尚不为白人所知而且很可能充满了上帝杰作的土地，我心中不由得感到了一种我以前从不曾体验过的激动。我暗暗下定决心，一定要竭尽全力克服一切可能克服的障碍，沿着这条气势磅礴的大河到达前人不曾到过的地方。当时我似乎具有一种超人的活力，我觉得浑身充满了使不完的劲儿，以至我好不容易才耐住性子待在狭窄的船上。我真想随格里利家几兄弟在岸上行走，这样我便可以在荒原上狂奔，以宣泄自己澎湃的心潮。桑顿也有这种强烈的感受，他对我们的探险表现出一种浓厚的兴趣，对周围美丽的风景怀有一种深深的赞美，这使他从此以后就成了我的知音。我一生中从不曾像当时那样渴望有一个朋友，一个能与之开怀畅谈而又不致遭误解的朋友。突然间失去所有亲人使我悲痛哀伤，但并没有使我一蹶不振，我的灵魂似乎要在大自然荒凉的景色中寻求安慰。而我发现，若是没有一个能与之心灵相通的朋友，自然美景以及由它激发的情感就不可能被充分地享受。桑顿正好就是这样一个我能推心置腹的朋友，我可以毫不保留地向他倾述我过分强烈的感情而用不着担心会招来丝毫嘲笑，而且我确信自己找到了一个和我一样充满激情的倾听者。我以前从不曾，并且后来也再也没遇见过有谁能像他那样对自然景观怀有和我完全相同的感受，而单是这种同感就足以使我俩结下牢固的友情。我俩在整个探险过程中一直亲如兄弟，我采取任何措施事先都要同他商量。皮埃尔和我也是朋友，但我俩之间没有那种灵犀相通的关系，那种人类友情最坚实的纽带。他虽然天性聪慧，但情绪极易波动，不能完全理解我一腔最最纯真的热情。

我们第一天的航行平淡得不值一提，只是傍晚时分经过南岸边一个大岩洞时费了一番周折。那岩洞位于一道足足有 200 英尺高的峭壁之下，峭壁微微向水面突出，我们经过时，岩洞看上去非常凄凉。当时我们看不出洞有多深，但那洞口大约有十六七英尺高，至少有15英尺宽。[1]河水湍急，流过洞口，由于崖高壁陡，我们没法拉纤，而经过洞口需要我们竭尽全力。最后，我们把力量集中到大船才终于过了洞口。当时我们只留了一个人在小船上，并让小船停泊在洞口下边。其余的人一齐拼命划桨，先让大船通过洞前的急流，然后凭着事先系在小船上的绳子把小船拖过了洞口。当天我们过了邦洛墨河口和欧塞奇河口，另外还过了两条小支流和几座小小的河心岛。虽然逆风，可我们仍前进了25英里左右，晚上宿营在北岸一道被叫作“魔鬼”的陡坡脚下。

6月4日。格里利·弗兰克和波因德克斯特一大早就带着一头肥鹿来到了我们的营地，大家兴高采烈

---

1 此处提到的这个岩洞被来往的商人和船夫称为“客栈”。洞外岩壁上画有一些奇怪的偶像，这曾经引起过印第安人极大的敬畏。在谈到此洞时，刘易斯上尉说它有120英尺宽，20英尺高，40英尺深，并说洞上方的悬崖峭壁差不多高达300英尺。我们希望读者注意到这个情况，那就是罗德曼先生的描述在各个方面都不及刘易斯上尉的报道。我们这位旅行家虽说热情洋溢，但他绝没有夸张事实的倾向。在包括此例在内的许多实例中，读者将会发现他关于数量（按此词的真正含义讲）的陈述总是与后来被查明的事实相符。我们认为这是他精神上的一个显著特征。这一特征当然使他的观察记录具有很高的可信度，因此我们可以相信他对那些我们除了他的描述便一无所知的地区的描述。与此相反，在所有与印象有关的方面，罗德曼先生乖僻的性格又总让他言过其实。比如他现在说岩洞“看上去非常凄凉”，他描述此洞的语言格调主要来自他经过峭壁时的忧郁心情。我们读他的日记时最好是记住这些特点。他绝不夸大事实，可他从事实中获得的印象在一般人看来却有夸张的意味，但这种夸张里没有虚情，除非这种夸张是他讲述所见所闻的总的情绪。说到他的情绪，明显的炫丽是绝对而唯一真实的色彩。——《绅士杂志》编辑部

地吃了顿鲜鹿肉早餐，然后精神抖擞地上路。魔鬼坡下水流湍急，冲刷着从南岸突出的几块巉岩，使通过该处非常困难。过此坡后不久我们又遇上了几片沙洲，这也给我们的航行造成了麻烦。该处的河岸不断地在坍塌，而河床肯定随着时间的推移被大大地改变。8 点钟左右刮起了强劲的东风，我们乘风快速行驶，结果到天黑时我们已前进了大约 30 英里或者更远。当天我们经过了北岸的杜布瓦河口，一条叫夏利特河的小支流[1]和几座河心小岛。当我们晚上停泊在几棵白杨树下时河水正在迅猛地上涨，岸边找不到一块扎营的平地。那是一个美丽的夜晚，我心潮起伏难以入睡，于是我邀请桑顿陪我去附近散步，直到天快破晓时才返回船上。其余的人第一次在船舱里过夜，他们发现舱内有足够的空间供五六个人睡觉。夜里他们曾被甲板上一种奇怪的声音惊醒，但他们说不清那声音的来历，因为当有人冲出船舱查看之时，那个声音早已消失。根据他们的描述，我断定弄出那种声响的是一条印第安人的狗，它闻到了鲜肉味（昨天猎到的鹿），企图来品尝一口。我确信这种推断完全正确，不过这件事倒提醒我们夜里不派人放哨非常危险，于是我们商定今后

1　杜布瓦河无疑就是伍德河。夏利特河是否是查内特河？——《绅士杂志》编辑部

宿营要派人放哨。

[在发表罗德曼先生关于这两天航行的记录时，本刊删去了他对到达普拉特河口之前那段旅程的详尽记述，他们到达那里的时间是 8 月 10 日。密苏里河的这一河段经常被人描写，读者对此已非常熟悉，因此没有必要进一步描述，而日记在这一期间除了两岸风光和日常的行船打猎之外，很少记录别的事情。为了设陷阱捕貂，探险队在这段路途中曾三次停船逗留，但没有多大收获。最后他们决定在深入该地区腹地之前，不再为获取毛皮而停止航行。在我们删去的两个月日记中，只记录了两件别的事。一是一名叫雅克·洛桑尼的加拿大人不幸被响尾蛇咬伤而死去；二是他们遇上了一支西班牙派遣队，这支小部队奉该地区要塞司令之命前来拦截并驱逐他们。[1] 但率队的那名军官非常热衷于探险，对罗德曼先生简直是一见如故，结果我们这些旅行家们获准继续前进。三五成群的欧塞奇族和堪萨斯族印第安人偶尔出现在船队经过的河岸附近，但他们并没有显出敌意。因此我们暂且让那些航行者待在普拉特河口，那是 1791 年 8 月 10 日，他们的人

1　当时包括密苏里河流域在内的中央盆地西部和整个大草原（那时叫路易斯安那地区）均为西班牙属地。

数已减少为 14 名。]

第三章

到达普拉特河口后，我们的航行者们扎营休整了 3 天，其间他们忙着晾晒货物和给养，制作新的桨和篙，并修补已受到严重损坏的桦皮小船。猎手们带回的大量猎物塞满了两条船上所有的空处。附近的鹿要猎多少就有多少，肥硕的火鸡和松鸡满山遍野都是。探险者们还尝到了几种味道鲜美的鱼，并在离河岸不远的地方发现了一种很好看的野葡萄。已有两个星期没看见过印第安人，因为当时正值追猎季节，他们无疑正忙着在大草原上猎杀野牛。待体力完全恢复之后，航行者们拆除了营地，又沿着密苏里河逆流而上。现在请继续读日记正文。

8 月 14 日。我们乘着一阵令人惬意的东南风扬帆开船，尽管河心主流水深流急，可我们一直贴近南岸利用回流，前进的速度依然很快。中午时分我们停下船来观看西南方岸上一些引人注目的土丘，那段河岸上有 300 英亩或者更大的一块地面看上去凹陷得非常厉害。凹陷的洼地附近有一个大池塘，好像是它排干了洼地的水。洼地里布满了大小不同、形状各异的沙土丘，最高的一座离河边最近。我无法断定这些土丘是自然形成还是人工造就。若不是所有土丘的表面都显而易见地表明它们曾长期遭受水的冲刷，那我就会认为它们是由印第安人建造。[1]午后剩下的时间我们都逗留在这个地方，因为我们已经航行了20英里。

8月15日。今天我们遇上了讨厌的顶头风，好不容易才行进了15英里。天黑时我们在北岸一道峭壁下宿营，这是我们过了洛达华河口之后看见的第一道位于北岸的峭壁。夜里下起了倾盆大雨，格里利家几兄弟把马牵到河边，自己则躲进了船舱。南岸的罗伯特先与马一道泅水过河，然后再划小船接回了梅雷迪斯。尽管那一夜是我所经历过的最黑的一个夜晚，而且风狂雨猛、河水暴涨，可罗伯特好像满不在乎地在河上泅来划去。因为雨凉风寒，我们全都舒舒服服地挤进了船舱，并长时间地席地而坐听桑顿讲奇闻逸事，他一个故事接一个故事地讲述他在密西西比河上与印第安人的惊险遭遇。他那条巨犬似乎对他所讲的每个字都听得津津有味。每当讲到实在令人无法相信之处，

---

1 这些土丘今天已被普遍认为是奥托族印第安人古村之遗迹。奥托族曾是一个非常强大的部落，后因连年战争而被削弱，最后投奔波尼族寻求保护，并迁移到普拉特河距河口约30英里的南岸地区。——《绅士杂志》编辑部

桑顿总会一本正经地叫他的狗做证。他总是说，“海神，难道你不记得那次？”或是说“海神可以发誓证明这千真万确。是不是，海神？”这时那狗会立即转动眼珠，伸出舌头，并点点脑袋，仿佛是在说：“哦，这简直就像《圣经》里说的一样真实。”尽管我们都知道这是主人教它玩的花样，可每次当桑顿要它做证之时，我们依然忍不住哈哈大笑。

8 月 16 日。清晨过了一小岛和一条宽约 15 码的小溪，前行 12 英里后又过了位于河心的一座大岛。我们已渐渐地来到了高高的大草原，北岸绵亘着森林覆盖的小山，南岸伸延着长满杨树的低地。河道变得蜿蜒曲折，但水流不再像普拉特河口以下那么湍急。这里的树木总体上说没有下游多，主要的树种有榆树、杨树、胡桃树和一些橡树。强劲的风几乎刮了整整一天，我们利用这股风和岸边的回流，在天黑之前航行了 25 英里。我们宿营在南岸一块宽阔的平地，平地被茂密的荒草覆盖，草地上生长着许多梅树和醋栗。我们背后有一道树木葱茏的陡峭山坡，登上这道陡坡我们发现了另一块向后延伸约 1 英里的草地，草地的尽头又是一道树木葱茏的陡坡，陡坡之上又是另一片辽阔的草原，山坡草原就这样一层接一层地延伸，直到目力所及的远方。从我们登上的第一道山坡之顶放眼望去，我们看到了这世间最美丽的一幅景象。[1]

8 月 17 日。我们在宿营地逗留了一天，忙于各种各样的事情。我叫桑顿带上他的狗同我做伴，离开河边向南漫步，并为令人销魂荡魄的美景所陶醉。大草原之美远远胜过《一千零一夜》中所描述的任何仙境。小河小溪的两岸开满了大团大团的野花，野花交相辉映的色彩是那么瑰丽，那么奇妙，以至看上去更像是人工培育，而不是自然长成，其芬芳之浓郁几乎令人窒息。在这片姹紫嫣红、迎风波动的花的海洋中，我们不时踏入一座座树的绿岛。构成这些绿岛的树大多是最壮观的橡树，树下的茸茸青草好像为大地披上了一件天鹅绒的绿装，而粗大的树干和树枝上通常则爬满了须叶扶疏、果实累累的葡萄藤。密苏里河在这一河段呈现出了最高贵而壮丽的面貌。点缀于河心的许多真正的小岛完全被低矮的梅树丛和其他灌木覆盖，只是树丛间纵横交错着弯曲狭窄的小路，就像英国式花园中的通幽曲径。在这些小路上我们总能看到麋鹿或羚羊，无疑正是它们踩出了这些小径。日落时分我们高高兴兴地回到了营地。夜里很暖和，蚊子的骚扰

1 即会商崖。——《绅士杂志》编辑部［【译者按】会商崖（The Council Bluffs）由刘易斯上尉和克拉克上尉命名，当年他俩曾在此地与 6 个印第安部落的酋长及其随从举行谈判会议。］

令我们苦不堪言。

8月18日。今天经过了一段狭窄的河道，河面不足200码宽，水流湍急，并有许多沉木和漂流树。大船撞在了一颗漂流树上[1]，待我们使之摆脱困境时船已进了半舱水。我们只好停下来检查物品的情况。一些干饼被水泡坏，但火药都安然无恙。逗留了一整天，只行进了5英里。

8月19日。今天一大早就出发，并奋力快速前进。天气凉爽而阴沉，中午时分的一场阵雨把我们浑身淋透。经过了南岸的一条支流，其河口差不多完全被一座形状奇特的沙岛遮住。过了该河口大约15英里，两岸的高地便开始隐退，退到距河边10到20英里的远方。北岸仍有许多漂亮的树林，但南岸的树木却很稀少。靠近河边的地方是美丽的草原，我们沿岸采了四五种不同的葡萄，它们全都熟透，全都味道可口，其中最好吃的是一种大粒的紫葡萄。天黑时4名猎手从两岸赶到营地，带回的猎物多得我们不知该如何处理，一大堆松鸡和火鸡，两头鹿和一只羚羊，另外还有许多翅膀上有黑条纹的黄色野鸟，后来证明这种鸟味道特别鲜美。我们全天的行程为25英里左右。

1 漂流树漂而不流，其根扎于河底，枝叶则露出水面随波漂摇。

8月20日。今天上午经过的河段充满了沙洲和其他障碍物，但我们仍然精神抖擞地前进，并赶在天黑之前航行了足足20英里，来到了一条相当大的支流的河口。这条河从北岸汇入密苏里河，正对着它的河口有一座很大的河心岛。我们在这座岛上扎下了营盘，并决定在此逗留四五天捕捉河狸，因为我们在附近发现了许多河狸留下的踪迹。这座岛看上去是世界上最漂亮的一个地方，它使我心中充满了欢欣和新奇感。整副景象就如同我童年时的一个梦境，而不像真正存在的现实。岛岸边缘覆盖着一种又矮又软、青葱碧绿的茸草，离岸老远的水面下还能看见绿草如茵，尤其是在那条清澈的小河汇入主流的北岸。小岛面积大约有20英亩，岛的周围长着一圈三叶杨树，树上攀缘着果实累累的葡萄藤，树与树之间挨得很紧，以至于我们几乎不能透过其枝叶看见河面。那圈杨树以内的草长得要高一些，也没有水边的草那么柔软，每片草叶中间都有一道浅黄色或白色的条纹，这些草散发出一种异香，闻起来像是香子兰，但要浓郁得多，所以整个空气中都弥漫着馥郁芳菲。一般的英国香草无疑与这种草同属一类，但远不如这种草美，也没有这么香。点缀于草丛间的是各种各样最艳丽的野花，全都璨然怒放，芳香扑鼻，赤橙黄蓝，五色缤纷，有种花的花瓣和郁金香一样呈现条纹。一丛一丛的樱桃树和梅子树也与花草交相辉映，树丛、花丛、草丛间有许多被麋鹿或羚羊踩出的弯弯小径环绕全岛。差不多在岛的正中央有一股清澈的甘泉，甘泉从一堆嶙峋巉岩中涌出，巉岩从顶到脚覆盖着苔藓和开花的青藤。整座小岛看上去宛如一个人工培育的大花园，但比一般的花园要美上千倍，很像我们在旧书中读到的那些仙境。我们全都为这番美景而心醉神迷，一个个欢天喜地地忙着在这片美丽的荒野扎下营盘。

[探险队在这儿逗留了一个星期，其间他们勘察了北岸周围的地带，并获取了一些河狸皮，尤其在日记中提到的那条小河边获取得最多。这个人间乐园的天气一直很好，这些探险者那股高兴劲儿也一直未减。不过罗德曼先生并没有放松必要的警惕，每晚大家在帐篷里作乐时外面都有人放哨。帐篷内那种狂欢盛宴真是闻所未闻。那些加拿大人充分证明了自己无论是唱歌还是喝酒都出类拔萃。他们整天除了吃喝、烹饪、跳舞和高唱法国民歌之外便什么也不做。他们白天的主要任务就是留守营帐，而其他更稳健的队员们则被派出去打猎或是搜寻和捕捉河狸。在这样的一次搜寻中，罗德曼先生碰上了一个千载难逢的机会，目睹了

河狸的习性。他对这种珍贵动物的描述非常有趣，尤其是他在一些要点上与通常的描述大相径庭。

他照常由桑顿和那条狗陪伴，顺着一条小溪溯源而上，直达小溪离大河岸10英里开外的高地源头。最后他们来到了一个地方，那儿有偌大一片因河狸筑坝拦水而形成的沼泽，沼泽地的一端有一片茂密的柳林，一些柳树悬垂在沼泽水面，在垂柳掩水之处可见几只河狸。我们的两位探险家悄悄绕过沼泽进了柳林，让海神在一边趴下之后，他俩偷偷地爬上了一棵大树，这下沼泽地发生的一切便尽收眼底。

那些河狸正在修补一段裂开的水坝，它们修坝的过程全被看得清清楚楚。这些建筑师一只只轮着来到沼泽，每只嘴里都衔着一根小树枝。把树枝衔到水坝跟前，小心翼翼地将其竖在裂口之处，随之河狸便突然潜入水中，几秒钟后衔着一大口泥浮出水面，先将泥中的水分大部分挤出，然后用爪子和尾巴（后者被当作泥刀）将泥抹在他刚才竖于裂口处的树枝。完成这一切之后它便离开沼泽钻进树林，其位置很快被另一位同伴接替，这位接替者又丝毫不差地重复前者刚才的工序。

以这种方式，被损坏的水坝会被很快地修复。罗德曼先生和桑顿先生花了两个多小时观看其施工进程，目睹了那些筑坝工匠的精湛技艺。不过每当河狸因离开沼泽去寻树枝而消失在柳树林中时，这两位观察者都深感遗憾，因为他们急于想观察河狸下一步的工作。不过往树端再稍稍爬高了一点，他们终于看到了想看的一切。一棵不大的梧桐树显然早已被伐倒，它的小树枝差不多已被取光，几只河狸正在咬断剩下的一些细枝，并陆续将它们送往水坝。与此同时，一大群河狸正围着一棵更老更大的梧桐，正忙着要将其伐倒。围着树干的河狸多达五六十只，其中六七只始终在同时工作，一只累了撤下，另一只马上接替它的位置。当我们的旅行家第一眼看见那棵梧桐时，它的树干已被咬出了很宽一道缺口，不过缺口只咬在树干朝向沼泽的一面。缺口差不多有 1 英尺宽，表面平整得就像是被斧头劈开。树下地面上落了一层形似稻草的细木条，它们只是被河狸咬下，而没有被吃掉，因为这种动物似乎只吃树皮。有些河狸干活儿时就像松鼠一样用后腿蹲着，同时将前爪搭在缺口边上，把脑袋伸进缺口去咬木头。但有两只则完全钻进了缺口，挺直身体躺着干活儿，它们干得挺卖力，不一会儿就被另外两个伙伴换出。

虽然两位探险者藏身的位置极不舒服，但他们非常好奇地想看到那棵梧桐树倒下，所以仍咬紧牙关在树上待了整整8个小时，一直坚持到日落时分。其间他们主要的麻烦还在于海神，桑顿好不容易才使它没有冲进沼泽去追捕正在修补水坝的河狸。它发出的声响有好几次都惊扰了那些正在咬树的河狸，它们时时不约而同地猛然一惊，接连几分钟仔细倾听周围的动静。不过随着黄昏的降临，那条狗终于放弃奢望，静静地躺了下来，而河狸则不间断地继续它们的工作。

正当夕阳开始西坠之际，那群伐木的河狸突然一阵骚动，全都从树前跳开，躲到了树干未被咬的一面。片刻之后，只见大树慢慢地朝咬开缺口的一方倾斜，直到缺口的上下唇合拢，但树并没有倒下，因为还有部分未断的树皮在支撑。此时那些河狸一拥而上，挤作一堆拼命地撕咬未断的树皮，并在顷刻之间将其咬断。这下大树便朝着早已被巧妙地定下的方向轰然倒下，靠近树梢的好些丫枝铺展到了沼泽的水面上。大功告成，那些河狸似乎认为值得庆祝一番，于是它们马上停止了工作，开始在水中互相追逐，潜游，并用尾巴拍打水面。

这里所讲的河狸砍树的方法比我们以往读到的更加详细，对河狸伐树的意图似乎也表示得较为明确。有意让树倒向水边在这里看起来是显而易见。读者大概还记得上文提到过的博纳维尔船长，他不相信河狸在这方面的所谓聪明，认为它们咬断树干的目的就是咬断树干，至于树倒向何方它们没有任何深谋远虑。他认为，人们之所以把这种灵性赋予河狸，大体上是因为树本身的情况，那些长在水边的树要么向水面一方倾斜，要么是为了获得阳光、空间和空气而将枝丫伸向水面一方，这些情况通常可见。他说，河狸当然是袭击那些离洞穴最近且又生长在溪畔或塘边的树木，这样当树被咬断，自然就会朝水面一方倒下。这番解释说得有板有眼，但绝不说明河狸伐树没有意图，也不说明其聪明程度再高也远在许多已被确认的低等动物之下，或者说远远在狮蚁、蜜蜂和珊瑚虫之下。实际情况大概是这样的，如果让河狸选伐两棵树，一棵向水面倾斜，另一棵则不然，那它们在咬第一棵树时会因为毫无必要而省去刚才所描述的那番小心，而在伐第二棵树时则会格外谨慎。

日记在随后的一部分中谈到了这种珍奇动物的其他习性，并记述了探险队捕捉河狸的方法。为了完整起见，我们将这些内容简述如下。河狸的主食是树皮，它们每年都要贮藏大量的树皮过冬，贮存的给养都经过精心挑选。一群河狸有时会多达两三百只，它们往往倾巢而出，远征觅食，穿过一片又一片看上去相似的树林，直至寻到一种它们理想中的树木。它们伐倒这种树，咬断其细枝，把细枝分成长度一样的短棍，剥下短棍上的树皮，再将树皮衔到离家最近的溪畔，让树皮顺水漂回洞穴。偶尔它们也贮存未经剥皮的短棍，而在这种情况下，它们一旦吃掉树皮后便会小心翼翼地把剩下的光木棍拖到远离其洞穴的地方。雄河狸在春天从不随自己的部落待在家里，而通常是在外独处幽居或三两成群，此时它们似乎失去了往常的灵性，很容易钻进捕捉者设下的圈套。夏天它们回家,并忙着和雌河狸一道准备过冬的粮食。据日记描述，这种动物发怒时异常凶猛。

河狸有时可在岸上捕到，尤其是春天的雌河狸，此时常发现它们为觅食而远离水边。捕岸上的河狸，只消当头一棍便可叫它们一命呜呼，不过最行之有效的捕捉方法还是用夹子诱捕。这种夹子设计简单，能夹住河狸的脚。捕捉人通常把夹子安装在岸边，让它们刚好被水淹住，并用一根细铁链将夹子系在插入土中的木桩上。一根小树枝的一端被置于夹口中，另一端则伸出水面，伸出水面的一端经过一种液体的浸泡，人们发现那种液体的气味可引诱河狸。河狸一闻到气味后便会用鼻子去碰树枝，这样它便踩上夹子，触发弹簧，并被夹住。为了携带方便，夹子都做得很轻，若是不用铁链（其他绳索都会被咬断）将其系于岸上的木桩，被夹住的河狸很容易带着它们潜逃。捕河狸的行家能看出上千种常人看不出的河狸出没的蛛丝马迹，因此他们能轻而易举地在水塘或溪流中发现河狸。

被两位航行者从树梢仔细观察过的那群“伐木者”后来大多都成了这种夹子的俘虏，它们位于沼泽地的家园遭受了一场浩劫，它们珍贵的毛皮成了蹂躏者的战利品。附近的其他溪流水塘也为这些旅行者提供了丰富的猎物，他们始终都记得位于那条支流河口的那座被他们命名为河狸岛的岛屿。当月 27 日他们高高兴兴地告别了这个人间乐园，相对来说比较平淡地航行了几天，并于 9 月 1 日到达了位于南岸的一条大河之河口，他们根据遍布河边的某种浆果将其命名为醋栗河，但它无疑就是奎库里河。日记在这段时间主要记述了大草原上比比皆是的野牛，并描述了南岸一座要塞的遗址，该遗址差不多正对着被人们称为邦洛墨岛的那座河心岛朝上游的一端。日记对该遗址的描述非常详尽，讲到的每一个重要方面都与刘易斯和克拉克的描述相吻合。至此，我们的旅行者们已经过了北岸的小苏河、弗洛伊德河、大苏河、白石河及雅克河诸河口，并经过了南岸的瓦旺迪桑克河和白水溪，不过在这些河口他们都没有停下来捕捉河狸。他们还经过了奥马哈族印第安人的那座大村寨，可日记中对此没有记载。这个村寨在当时足有300座房屋，居住着一个人口众多、力量强大的部落。但村寨并不是紧靠密苏里河岸，而且那两条船很可能是在夜间通过，因为担心被苏族印第安人发现，探险队已开始昼伏夜行。下面请继续读罗德曼先生的日记正文，从9月2日起。]

9月2日。根据一般的传闻，我们现在已进入了最容易遭到印第安人袭击的河段，所以我们的行动变得格外小心。这一地区居住着苏族人，他们是一个好战而残暴的部族，已多次表现出对白人的敌意，而且世人已知晓他们连年不断地同所有与之为邻的部落进行战争。船上的几个加拿大人反复讲苏族人是如何如何凶残成性，因此我非常担心这些胆小鬼会寻找机会溜走，顺流而下一直回到密西西比河。为了减少这种机会，我把小船上的加拿大人调了一个上大船，让波因德克斯特·格里利取代了他原来的位置。此时两岸步行的格里利家兄弟均已放掉马匹回到了船上。我们现在的人员安排如下：小船上有波因德克斯特·格里利和皮埃尔·朱诺，外加托比和一个加拿大人；大船上有我自己，有桑顿、沃姆利、约翰、弗兰克、罗伯特、梅雷迪斯和3个加拿大人，另外还有那条狗。我们黄昏时出发，尽管随着夜幕的降临我们不时被浅滩阻挠，但借着一股强劲的南风，船仍然行进得很快。我们一路上没有停顿，天快亮时进了一条支流的河口，并把船掩藏在河边的矮树丛中。

9月3日和4日。整整两天雨猛风狂，所以我们没离开那条隐蔽的小河。天气使我们悒悒不欢，加拿大人讲的关于可怕的苏人的故事也使人打不起精神。我们集聚到大船舱内，共同商量今后的行动。格里利兄弟主张大胆地冲过危险地带，因为他们认为几个加拿大船夫的故事不过是一种夸张，苏族人只是有点爱找麻烦，未必真正怀有敌意。但沃姆利、桑顿和皮埃尔（他们都很了解印第安人的习性）认为我们昼伏夜行的措施是上策，尽管这必然会减慢我们前进的速度。我的看法与他们这种意见不谋而合，按现在的走法我们可以避免与苏族人发生冲突，我对前进速度的快慢并不在乎。

9月5日。我们天黑时出发，到天亮时大约行进了10英里。我们照例把船藏进了一条小溪，这条小溪是个理想的藏身之处，因为溪口几乎被一座树林蓊郁的小岛完全遮蔽。天突然又下起滂沱大雨，待我们收拾好一切再钻进舱时，一个个浑身都已湿透。坏天气令我们精神压抑，几个加拿大人更是萎靡不振。我们现在已进入一段狭窄的河道，此处水深流急，两岸山高壁陡，悬崖上生长着茂密的椴树、橡树、黑胡桃树、白蜡树和栗树。我们知道，要经过这样一个峡谷而不被发现实在很困难，即便在夜间也是如此，因而我们更加担心会遭到袭击。我们决定等晚一点再悄悄上路。与此同时，我们在岸上和小船上各设置了一名哨兵，而其他人则忙着检查武器弹药，以防最坏的情况发生。

夜里 10 点左右，我们正准备出发，这时狗突然发出一阵低沉的嗥叫，惊得我们纷纷抓起步枪。可引起狗警觉的原来是一名篷卡族印第安人，他坦坦荡荡地伸着手走向我们岸上那名哨兵。我们让他上船，给他威士忌喝，于是他开始滔滔不绝。他说他的部落住在下游几英里外的地方，几天来他们一直在注视我们的行动，但篷卡部落是白人的朋友，绝不会与白人作对，他们希望我们返航时同我们做交易。他现在是被派来告诫我们提防苏族人，他说苏族人是大强盗，他们正埋伏在上游 20 英里处的一个弯道等着探险队。他说埋伏在那儿的有 3 队人马，他们的目的是要把我们斩尽杀绝，因为多年前有一群捕河狸的法国人曾侮辱过他们的一位酋长，现在他们要进行报复。

第四章

［我们且让那些旅行者去担心苏人的袭击，让他们

在忧虑中度过9月5日夜晚。关于苏族人凶残之加油添醋的传闻本来已使得探险队一心要避开他们，但友好的篷卡族人送来的消息却证明一场冲突已不可避免。于是夜间行船被作为一种失策而放弃，探险队决定大模大样地前进，尽量用气势震住对手，使之不敢轻举妄动。5日晚上剩下的时间全部被用来准备显示武力。大船甲板为此而被尽可能清理出来，并被理所当然地摆出了一副最气势汹汹的架势。除其他防御措施外，那门铜炮也从舱下取出被安在甲板前方，并填装好了榴霰弹。天刚一亮探险队就大张旗鼓地出发，借着一阵强风逆流而上。为了不让敌人看出或误认为他们害怕，所有人都扯开嗓子合着加拿大人的调门唱起了一支激昂的船歌，歌声震得两岸青山回荡，惊得野牛睁开了眼睛。

实际上，苏族人似乎一直是罗德曼先生最担忧的麻烦，他老是格外地谈到那族印第安人和他们的英雄业绩。日记对这个种族的情况记述得非常详细，我们在此只能简述一下其中最新奇或最重要的部分。我们所说的这族印第安人法文称为Sioux，英语一直讹用为Sues。据说他们本来叫达科他人。他们最初生活在密西西比河流域，但后来逐渐扩大其居住地盘，到日记所述的年代，他们几乎已完全占据了由密西西比河、萨斯喀彻温河、密苏里河及温尼伯湖之雷德河围成的一片辽阔的土地。苏人分为许多部族。严格地说，正宗的达科他人是维洛瓦坎族人，即法国人所谓的湖区人，他们的人数约为500，聚居在圣安东尼瀑布附近的密西西比河两岸。维洛瓦坎族的邻居瓦帕托米族人住在他们北边的圣彼得斯河畔，他们约有200人。顺圣彼得斯再往上栖息着一个人口约为100人的部族，他们自称瓦皮图蒂人，而法国叫他们树叶族人。再沿此河而上在其源头附近，还居住着约有200人口的西索图尼族人。密苏里河流域生活着扬克顿族人和蒂顿族人。扬克顿族包括南北两个分支。北方部落在雷德河、苏河及雅克河诸河源头地带过着一种阿拉伯人似的生活，他们人口约为500。南方部落则占有东起梅因河、西至雅克河及苏河的一大块土地。但苏人中最以凶悍暴力而闻名的是蒂顿族，蒂顿族人分为4个部落，即圣尼部落、明纳克罗兹部落、奥克唐蒂部落和博瓦布鲁勒部落。博瓦布鲁勒部落又是4个部落中最野蛮凶残的一个，当时等着要伏击探险队的就是这个部落的人，他们的人口约200左右，居住在密苏里河两岸那两条被刘易斯和克拉克叫作白河和蒂顿河的支流一带。约有150人的奥克唐蒂部落紧挨着夏延河南岸安家。明纳克罗兹部落，250人，占有夏延河和瓦塔尔呼河之间的地带。圣尼部落是蒂顿族中最大的部落，他们有300人，居住在沃伦科尼河附近。

除了这些部落（正宗的苏人）之外，还有5个分离的部落，它们被统称为阿西奈博因人。人口200的麦纳托潘部落居于阿西奈博因河与密苏里河之间的茅斯河畔；树叶人部落约250人，占据着白河两岸地区；大魔鬼部落人口达450之众，他们漂泊在育空河支流波丘派恩河与米克尔河两河的源头地区；另外两个部落日记中没有提到名称，但说他们沿萨斯喀彻温河流浪，两个部落共有700人。这些分离的部落经常同其母族，或者说同正宗的苏族人处于交战状态。

就相貌而论，苏族人一般都长得非常丑陋，照我们对人类体型的概念来看，他们的四肢与身体相比显得太短小，他们的颧骨很高，眼睛突出而且目光呆滞。男人把除头顶一小块之外的头发全都剃光，头顶的一丛长发则编成辫子垂及双肩。这丛头发平时受到细心保护，但在某种悲伤或庄重的场合则被剪去。一名盛装的苏人酋长模样十分惊人。他全身皮肤被图上油脂和煤灰。一件皮衫垂至腰部，腰间系一条约1英寸宽的皮带，有时为布带，腰带悬吊着一块穿过双股间的毛毡或毛皮。肩上披一件经过鞣制和漂白的牛皮斗篷，晴天有毛的一面贴着身子，雨天则把有毛的一面翻过来向外。这件斗篷大得足以裹住整个身体，斗篷上往往装饰着豪猪刺（主人走动时豪猪刺会发出嗒嗒声响），并饰有许多象征主人武士身份的粗糙的图案。酋长头上插有一根鹰翎，并饰有一排豪猪刺。用经过鞣制的羚羊皮做成的裹腿充当了裤子，裹腿一侧留有约两英寸宽的缝口，并东一丛西一簇地饰有人的头发，或者说作为战利品的带发头皮。鹿皮靴或牛皮靴有毛的一面朝内，在很多时候都可见酋长的靴跟处晃来晃去地吊着一块臭鼬皮。苏人特别偏爱这种臭不可闻的动物，喜欢用它的皮做烟袋和其他附属物。

酋长妻子的装束也很奇异。她的头发可长得很长，从前额向两边分开，松散地披在身后或用一束发网罩住。她的皮靴同她丈夫的别无二致，但她的裹腿只向上延伸及膝部，而一件难看的鹿皮衫则垂到脚踝，皮衫上部有带子吊在肩上。皮衫外通常会扎一根腰带，最外边披的是一件和男人披的一模一样的牛皮斗篷。蒂顿族苏人的帐篷被描述成了一种精巧的建筑，帐篷用经鞣制和漂白的牛皮做成，用木杆固定并支撑。

我们所说的这个部落出没于密苏里河岸上下 150 英里左右的河段，这一地区主要是草原，但也有一些山地。山地都峡谷纵横，沟壑交叉，这些深涧幽峡在盛夏时均干涸，在雨季则蚀流滚滚。沟底峡壁谷顶林木葱茏，但整个低地草原却是一派苍凉的景象，满目凄凄荒草，不见一棵树木。该地区土壤中有大量各种各样的矿物质，其中有芒硝、绿矾、硫黄和明矾，后者使河水澄清，并使其具有一种令人讨厌的气味和涩味。该地区最常见的野生动物有野牛、鹿、麋和羚羊。现在请继续欣赏日记正文。]

9月6日。地势变得开阔，天气也格外宜人，所以尽管随时都有遭到伏击的危险，但我们大家的情绪仍然很好。我们迄今尚未发现那伙印第安人的踪影，而我们正快速穿过他们这片令人生畏的土地。不过我非常清楚那些野蛮人的伎俩，所以我不会误以为我们没有受到严密的监视，而且我早已断定我们将在第一个峡谷口发现蒂顿族人，因为峡谷是他们埋伏的好地方。

大约中午时分，一个加拿大人惊呼“苏人！苏人！”并指给大伙儿看一条狭窄幽深的溪谷。该溪谷位于我们的左方，把密苏里河南岸的草原一分为二，并向南延伸到目力所及的远方。这溪谷本是一条支流的河床，但眼下水流干涸，两岸耸立犹如两道高墙。我从望远镜中马上就发现了那名加拿大人惊恐的原因：一大群骑马的野蛮人正以印第安人的战斗纵队沿那条溪谷而下，显然是想对我们进行偷袭。他们头上的羽饰暴露了他们的行动，因为起伏不平的溪谷使他们有时不得不跃上高处，这样我们就看见了冒出谷顶的羽毛，而羽毛的晃动又告诉我们他们是骑在马上。那伙人以飞快的速度向大河边冲来，于是我下令全速前进，争取赶在他们之前冲过溪谷河口。我们的突然加速使印第安人意识到他们已经被发现，他们立即发出一阵呐喊，并争先恐后地涌向溪谷，朝靠近我们的岸边冲来，他们约有 100 人。

当时我们的处境有几分堪忧。若是在那天经过的其他任何河段，我也许不会把这伙强盗放在眼里，但此处的河岸与那条溪谷一样崖高壁陡，那些野蛮人可以居高临下地攻击我们，而我们赖以镇住他们的铜炮在这里却完全不能发挥作用。另外此处河心水深流急，我们只有放下武器全力划桨才能勉强使船前进。靠近北岸的河道浅得连小船也没法航行，我们若真想通过此处，唯一的办法就是把船靠近左岸，或者说南岸，那样我们就完全处于苏人的弓箭射程之内，不过我们在那里可以用篙撑船，并借助回流和风速快速前进。如果苏人趁这个时候向我们发起攻击，我看不出我们有什么法子能够逃脱。它们都装备着弓箭和小圆盾，看上去给人一种优雅堂皇的印象。其中的一些头目还手持长矛，矛上有一面古怪的小旗，他们显得像是真正的骑士。下图就是前来截击我们的那伙人的酋长，图是桑顿后来画的。

不知是我们有吉星高照，还是那些印第安人一时糊涂，我们竟出人意料地闯过了进退维谷的困境。当时那些野蛮人已经冲到我们头顶上方的绝壁边缘，可他们只是又发出一阵呐喊，并开始向我们打各种各样的手势，我们当即就明白他们的意思是要我们停船靠岸。我早就料到了这一要求，而且早就决定置之不理，继续前进。我拒绝停船的决定至少起到了一个作用，那就是岸上的印第安人似乎被搞得莫名其妙，半天也不明白到底是怎么回事，当我们不理不睬地从他们脚下驶过之时，他们只是非常滑稽地呆望着我们。不久之后他们开始了一场群情激奋的讨论，当发现对我们已经无可奈何，他们便掉转马头冲向南方，眼见他们跑得不见了踪影，我们不禁又惊又喜。

惊喜之余我们充分利用这个机会拼命前进，力图赶在我们的敌人重新出现之前驶出两岸陡峭的河段。大约两小时之后，我们发现他们又出现在南岸远方，他们的人数已大大增加。他们策马飞驰，不一会儿就来到了河边，可此时地形对我们已非常有利，因为河岸开阔平缓，而且没有树木可让那些野蛮人躲避我们的枪弹。更重要的是河水已不像先前那么湍急，我们可以把船保持在河心。看来那帮人刚才离去仅仅是为了找一名翻译，此人现在骑一匹高头灰马，尽可能靠前地走进浅水之中，用蹩脚的法语高声叫我们停船上岸。这时我让一名加拿大人出面回答，说为了满足我们的朋友苏族人的请求，我们非常乐意稍停一会儿并同他们谈话，但我们不便上岸，因为那样做我们的大巫师会不高兴（加拿大人说大巫师时用手指了指铜炮），大巫师急着要赶路，而我们对大巫师都不敢不服从。

这时他们又开始了一场热烈的讨论，只见他们互相交头接耳，比画着手势，似乎都茫然不知所措。与此同时，我们的两条船都在有利位置抛下了锚，我现在决定如果必要就打上一仗，尽量热情地款待一下这伙强盗，让他们以后一想到今天就心有余悸。我认为几乎没有可能与这些苏人友好相处，他们在本质上就是我们的敌人，只有让他们确信我们的厉害才能保证我们免遭他们的劫掠和屠杀。如果我们现在按他们的要求上岸，并靠妥协和赠送礼品获得一时的安全，那到头来对我们也不会有益处，并且这样做是在姑息养奸，而不是在惩治邪恶。他们迟早都肯定会为他们那位酋长报仇雪耻，假若他们现在放我们通过，以后则会在形势对我们不利时向我们发起攻击，到时候我们恐怕连还手的机会也没有，更说不上教会他们懂得害怕。而照眼下的形势来看，主动权掌握在我们手里，我们可以给他们一个终身难忘的教训。经过这番深思熟虑，加之除加拿大人之外所有人都赞同我的意见，所以我决定采取强硬的立场，与其避免冲突不如公开挑战。这是一个正确的决策。我们发现对方除一名头目带有一支老式马枪之外，其他野蛮人手中都没有火器，而当时双方相距太远，他们的弓箭没有多大的威胁。至于人数众寡我并不太担心。他们当时的位置完全暴露在我们那门铜炮的火力之下。

当朱尔（那名加拿大人）说完关于大巫师不高兴那段话，岸上的野蛮人又是一阵热烈的议论，待他们的骚动稍稍平息，那名翻译又开口说话，向我们提出了 3 个问题。首先他想知道我们是否带有烟草、威士忌或者火枪；其次他问我们是否想要苏族人上大船帮忙划桨，一直划到上游与那些大恶棍里卡雷族人的地盘交界处；第三个问题是他想弄清楚我们的大巫师是不是一只很大很壮的绿蚱蜢。

对这 3 个认真提出的严肃问题，朱尔根据我的指示答复如下：首先我们有很多很多的烟草和威士忌，还有用不尽的火枪和火药，但我们的大巫师刚才告诉我们，蒂顿族人是比里卡雷族人还大的恶棍，大巫师说他们是我们的仇敌，说他们已经埋伏了好几天等着要杀死我们，说我们一定不能给他们任何东西，也不要同他们有任何来往。所以即使我们想送东西给他们也不能送，因为我们害怕惹大巫师生气，因为大巫师从来说一不二。其次，鉴于刚才所说的蒂顿族苏人的德性，我们不想让他们替我们划船。其三，算他们（苏族人）走运，我们的大巫师刚才没听见他们的第三个问题，就是关于“大绿蚱蜢”的问题，否则他们（苏族人）会吃不了兜着走。我们的大巫师绝非一只大绿蚱蜢，这一点他们很快就会从所吃的苦头中知道，如果他们不马上一齐滚蛋的话。

尽管我们处在危险之中，可看见岸上的野蛮人听到这番回答后所露出的那种既羡慕又惊讶的表情，我们仍然差点儿忍不住笑出声来。我相信，若不是我碰巧说他们是比里卡雷人更大的恶棍，那他们当时肯定会马上散去，让我们继续我们的航行。那句话显然是他们最不能容忍的一种侮辱，惹得他们一个个怒火中烧。我们听见“里卡雷人”这个字眼不时从他们口中吐出，说这个字眼时他们显得群情激奋。据我们的判断，他们似乎分成了两派，一派强调大巫师的法力无边，另一派则只在乎被说得比里卡雷族人更坏这一奇耻大辱。当他们吵吵嚷嚷之时，我们保持着河心的有利位置，并断然决定一发现这些家伙想轻举妄动就让他们尝一发榴霰弹。

不一会儿那位骑灰马的翻译又策马步入河中，说他认为我们行为不轨，居心叵测，说以前从这条河经过的白种人都是苏人的朋友，都给了苏人很多礼物，说他们蒂顿族人已决定不让我们再前进一步，除非我们上岸并交出我们的全部火枪和威士忌以及一半的烟草。他说我们显而易见是里卡雷族人的盟友（当时里卡雷族人正与苏人交战），我们的目的是要向他们提供物品，而这万万办不到。最后他还说他们并不在乎我们的大巫师，因为他撒谎说蒂顿族人要伏击白人，而且他只可能是一只大绿蚱蜢，尽管我们自己不那么认为。翻译刚一说完最后这句话，全体野蛮人便扯开嗓子齐声重复“大绿蚱蜢”这几个字，以确保我们的大巫师能亲耳听见这种辱骂。与此同时他们突然乱糟糟地散开，狂怒地纵马兜着小圈，并以傲慢而粗野地姿势挥动长矛，张弓拔箭。

我知道他们接着就要发起攻击，于是决定先发制人，以免我们的人被它们射伤。现在拖延已不起任何作用，只有突然而果断的行动才是上策。我瞅准机会下达了开炮的命令，命令眨眼之间便被执行。这一炮的效果非常理想，完全达到了我们预期的目的。6个印第安人当场毙命，大约有十七八人被炸成重伤。其余的都吓得魂飞魄散，乱作一团，争先恐后地掉转马头向大草原逃去，我们趁机为铜炮重新填装好弹药，然后起锚驶向河边。当我们的船靠岸时，河滩上除了死伤者已看不见一个蒂顿人。

这时我让约翰·格里利和3个加拿大人守住船，自己则率领其他人上岸，走向一名身负重伤但并无生命危险的野蛮人，并借助朱尔的翻译与他进行了一番交谈。我告诉他白人对苏族人和所有的印第安人都是友好的。我们拜访这一地区的目的仅仅是为了捕捉河狸，并看看上帝赐予红种人的这片美丽的土地。待我们获得了我们想要的毛皮，看到了我们想看的一切，我们便会返回家乡。我们早就听说苏族人，尤其是蒂顿族人生性好斗，所以我们带来了大巫师保护我们。

现在我们的大巫师非常生气，因为他受到了无法容忍的侮辱，被人叫作绿蚱蜢（他并不是绿蚱蜢）。我好不容易才劝住他没有去追杀那些逃窜的武士，并给躺在我们周围的负伤者留下性命。我之所以能让他息怒，仅仅是因为我以个人名义担保，野蛮人从今以后会规规矩矩。听我说到这里，那可怜的家伙似乎大大地松了一口气，并伸出手来向我表示友好。我握住他的手向他和他的朋友保证，只要我们不再受到骚扰，他们将受到我的保护，许下这个诺言后，我们送了他和其他受伤者 20 把烟草、一些小五金、串珠项链和红色法兰绒。

在这一切进行的过程中，我们严密地监视着那些逃走的苏人。当我们最后送礼物时，可见有几伙人出现在远处，而且显然被他们受伤的同伴看见，不过我认为最好是假装没发现他们，送完礼物之后我们就回到了船上。这场遭遇耽误了我们整整 3 个小时，待我们重新上路时已是下午 3 点。我们以飞快的速度前进，因为我想在天黑之前尽可能远离那片河滩。一阵强风从我们身后吹来，加之由于河道弯曲水流越来越平缓，所以到晚上 9 点钟时我们已航行了很远一段距离，来到了一座面积很大且草木葱茏的河心岛，此岛偏向北岸，靠近一条支流的河口。我们决定在岛上扎营，而且刚一上岛格里利家的一位兄弟就击中并捕获了一头野牛，原来这岛上野牛不少。派出巡夜哨兵之后，我们用野牛的背脊肉做了晚餐，并喝了不少威士忌。此时大伙儿开始畅谈白天的战绩，大多数人都把它当作一个美妙的笑话，可这件事无论如何也没法让我高兴。在此之前我手上从未沾过人类的鲜血，虽然理性坚持说我白天的决定是明智之举，而且终将被证明是最仁慈的做法，可良心仍然拒绝听从理性，并老在我耳边低声念叨："你使之流淌的是人类的血。"[1] 时间慢慢地过去，我发现自己难以成眠。最后随着黎明的到来，晶莹的露珠、清爽的微风和粲然开放的野花唤起了一种新的勇气和更豪迈的精神，这才使我能够更从容地正视所发生的一切，并从唯一正确的角度将其视为情势所需，迫不得已。

9 月 7 日。一大早便出发，借着从东边吹来的寒冷疾风船行得很快。大约中午时分到达上游一个名叫"大弯道"的峡谷，河道在此绕了一个足有 30 英里的大圈，可陆上的直接距离最多只有 500 码。过峡谷 6 英里后有一条宽约 35 码的小河从南岸注入主流。这里的景象非常奇特，大河两岸的河滩上厚厚地铺着一层从峭壁上冲刷下来的圆石，圆石滩伸延了好几英里。此处河

1　参见《旧约·创世记》第 9 章第 6 节："凡使人之血流淌者，其血也必被人使之流淌。"

道狭窄，并有许多沙洲阻道。两岸最常见的树木是雪松，草原上覆盖着一种坚硬的仙人球，我们的人发现，即使穿着鹿皮靴也很难行走于其上。

大约日落时分，试图躲开一股急流，我们不幸让大船的左侧撞上了一座沙洲，船身顿时向右侧倾斜，虽然我们尽了最大的努力，可船里还是灌满了水。事实上，散装的火药遭受了严重损失，为印第安人准备的货物也全都或多或少地被损坏。当时我们一发现船身倾斜，便全部跳进漫至腋窝的水中，拼命地顶住倾斜的一侧。可我们仍然处在进退两难的境地，因为我们的全部力量刚好只够保证船不致倾覆，却抽不出一个人去把船撑离沙洲。就在我们快要绝望之际，船底的整块沙洲却突然下陷，出人意料地让我们摆脱了困境。此处的河床堵着许多这种流动的沙洲，这些沙洲的位置以极快的速度不断变化，但看不出什么明显的原因。沙洲由一种又细又硬的黄沙构成，这种黄沙干透后晶莹如水晶，细得几乎分不清颗粒。

9 月 8 日。我们还在蒂顿族人地盘的腹地，因而我们一路提防，尽量不停船靠岸，即使停船也只靠河心岛，这些岛上有各种各样的野生鸟兽——野牛、麋、鹿、山羊、黑尾鹿和羚羊，还有很多种鸻科鸟和黑雁。这里的山羊特别温驯，而且没长胡须。此处的鱼不如下游那么多。约翰·格里利还在一座小岛上的山沟里猎杀了一只白狼。由于水急难行，常常需要拉纤，这一天我们没走多远。

9月9日。天气明显地越来越凉，这使我们都迫不及待地想尽快走出苏人控制的地区，因为在他们的地盘上过冬将非常危险。我们振奋精神以极快的速度前进，一路上留下加拿大人的歌声和呐喊声。我们不时看见有单个的蒂顿族人站在远处，但他们并无骚扰我们的企图，这种情况使我们开始恢复了勇气。白天行进了28英里，天黑时宿营在一座很大的河心岛上，该岛野生鸟兽很多，并生长着茂密的杨树。

［本刊略去了罗德曼先生从9月10日到来年4月9日的日记。9月9日之后便再没有发生过什么重要事件，10月的最后一天探险队到达了一条被他们命名为水獭河的支流，并顺着这条小河上行了1英里左右，找到了一座理想的小岛，他们在岛上建了一座木屋作为过冬的营房。该岛正好位于一些里卡雷族人的村寨上游。好几群里卡雷族印第安人先后拜访了他们，并且都显得十分友好。他们早就听说了那些航行者与蒂顿族人的那场冲突，并非常满意冲突的结果。探险队再也没有受到那伙苏族人的骚扰。冬天在欢愉的气氛中过去，

没有发生什么值得记载的事件。第二年4月10日，探险队又重新开始了航行。]

第五章

1792年4月10日，天气又变得非常宜人，我们的精神也为之而格外振奋。太阳已开始散发出热量，印第安人向我们担保上游100英里内的河面已基本解冻。我们依依不舍地告别了“小蛇”（里卡雷族人的一名酋长，他在整个冬季对探险队非常友好）和他的部落，吃过早饭便开始了新的航行。珀赖因（一名要去矮山镇的哈得孙毛皮公司的代理商）和3个印第安人送了我们10英里，然后才与我们分手返回那个村寨，（后来我们听说）他回村后惨死在一名印第安妇女的手中，因为他侮辱了那个女人。与那名代理商分手之后，我们精神抖擞地逆流而上，尽管河水湍急，我们的速度仍然很快。到了下午，几天来一直说感到不舒服的桑顿突然犯病，其病情之严重使我决定全队返回那座小岛，等他病好之后再重新上路，可他坚决反对我这么做，我只好放弃了这个决定。我们在舱里为他铺了一张舒适的床，并对他进行无微不至的照顾，可他开始发高烧，有时还神志昏迷，我真担心我们会失去他。与此同时我们仍然在奋力前进，到天黑时已行进了20英里。这一天干得真不赖。

4月11日。天气依然晴朗宜人。我们一早便出发，并遇上了一路非常有利的顺风，若不是桑顿的病情,我们大家肯定会兴高采烈。他的病看来越发严重了，我几乎不知该如何是好。为了让他舒服一点，我们做了能够做的一切。那个叫朱尔的加拿大人还从草原上采来一种药草熬汤给他喝，那种药草有明显的发汗退烧作用。天黑时我们停船在北岸宿营，3名猎手借着月色去草原上打猎,他们凌晨1点带回了一头肥硕的羚羊，却没带回他们的步枪。

据他们讲述，在大草原上穿行了几英里之后，他们到了一条美丽的小河边，在那里出其不意地与一大群圣尼部落的印第安人遭遇，并在惊慌失措之中成了他们的俘虏,被押送到了河对岸1英里外一个像是猎园，或者说围场的地方，那个围场是用木棍打桩的泥墙围成，里面有一大群羚羊。羚羊还在不断地涌入，而围场的门被设计得只能进不能出。这是印第安人一年一度的一种狩猎活动。羚羊在秋天离开大草原到南岸的山区觅食藏身，到春天则大群大群地渡河回到北岸，这时它们便很容易被诱入上边所说的那种围场。

3名猎手（约翰·格里利、预言家和一名加拿大人）

几乎完全没有从那伙印第安人（他们多达 50 人）手中逃脱的希望，他们差不多已经横下一条心等死。格里利和预言家被缴械之后还被捆住了手脚。可由于某种难以解释的原因，那名加拿大人却没遭捆绑，那群野蛮人只是缴了他的步枪，却没有收走他的猎刀（他们也许没发现，因为猎刀插在他绑腿一侧的皮鞘里），而且对待他的方式也与对待另外两人的截然不同。这情况后来成了他们死里逃生的契机。他们被抓住时大概是夜里 9 点左右。当时月光皎洁，但春寒料峭，所以那些野蛮人生了两大堆篝火，火堆离围场较远，以免惊吓仍在不断涌入围场的羚羊。当 3 名猎手那么突然地从一片树林后钻出与他们遭遇之时，他们正围着篝火烤野味。格里利和预言家被缴了械并被结实的牛皮绳捆住手脚之后，双双被抛到了远离火堆的一棵树下，而加拿大人被允许在两个野蛮人的看管下坐在一堆火边，其余的印第安人则围着另一堆更大的篝火。时间就这样慢慢过去，被俘的猎手随时都有生命危险，被捆住的两位猎手更是痛苦不堪，因为牛皮绳勒得太紧。加拿大人曾试图与看守他的印第安人搭话，希望能收买他们把他放走，却未能让他们听懂他的意思。大约半夜时分，围坐在大火堆旁的印第安人突然一片混乱，几头很大的羚羊接连从火堆中央冲过。原来这些动物冲破了那道囚禁它们的泥墙，愤怒和恐惧使它们发疯，它们竟像夜间昆虫扑火一样扑向火光。然而那些印第安人似乎从来没听说过这些平时胆小如鼠的动物居然会有这种习性，因为这突如其来的冲击使他们惊慌失措，而且这惊慌失措很快就变成了惊恐万状，就在最初那几头羚羊冲破泥墙大约一分钟后，围场内的羚羊全都从那个缺口涌出，向他们冲来。猎手们描述的那个场面真令人称奇。那些羚羊显然全都发了疯，它们简直是在飞翔而不是在跳跃，据格里利（一个最不会夸张的人）说，它们从火堆和被吓坏的野蛮人中间冲过的那个场面不仅壮观，而且令人恐怖。它们的第一阵冲击浪潮便席卷了挡在它们前方的一切，可它们冲过大火堆后又马上扑向小火堆，把燃烧的木头抛得七零八落，接着它们像中了魔似的又冲回大火堆，如此来往反复直到把两堆篝火踏灭，然后它们分成小群像闪电一样冲进了树林。

许多印第安人在第一阵狂怒的冲击中便被撞倒，毫无疑问，在羚羊奔蹄的践踏下，他们中的一些人即使没丧命也被严重踩伤。有些人死死地趴在地上以免受到伤害。预言家和格里利因远离火堆而没有危险。那名加拿大人在第一阵冲击中便被撞倒并昏迷了几分钟。他清醒过来时眼前几乎是一片黑暗，因为当时月亮已被乌云遮住，两堆篝火差不多也熄灭，只剩下东一根西一块的燃木还冒着火星。他发现身边没有印第安人，于是爬起身撒腿就跑，径直冲到了旁边躺着他两位伙伴的那棵树下。牛皮绳很快被割断，三人立即以最快的速度奔向大河边，压根儿没去想他们的步枪，或者说除了逃命之外什么也没去想。一口气跑了几英里并发现身后没有追兵，他们这才放慢脚步，到一股泉边喝水。他们就是在那儿遇见了前文所说的那头被他们带回船上的羚羊。当时那可怜的家伙气喘吁吁地躺在泉边不能动弹。它断了一条腿，身上有被火烧的明显痕迹。它无疑就是那群救了他们性命的羚羊中的一头。若是还有一线能救活它的希望，3 名猎手肯定会把它救活，以表达他们的感激之情，但它伤势太重，猎手们只好立即结束了它的痛苦，并带着它一起回到船上，第二天早晨我们用它做了一顿美妙的早餐。

4 月 12 日至 15 日。这 4 天我们一直在继续前进，其间没出现任何值得一提的险情。每天中午前后的天气非常宜人，但夜晚和清晨却寒气凛冽，并伴有严霜。沿河鸟兽触目皆是。桑顿依然卧床不起，他复杂的病情令我终日黯然神伤。没有他的陪伴我感到非常寂寞，现在我发现他几乎是探险队里唯一我能吐露心事的人。我这句话的意思只是说我差不多只能或只愿推心置腹地向他一个人倾吐我心中所有的奇思异想和不切实际的热望，而不是说我们探险队中有任何人不值得绝对信任。恰恰相反，我们全队人亲如兄弟，从来没有真正红过脸。一种共同的利益似乎把我们连在了一起，更准确地说，我们同舟共济似乎并不是为了获利，而仅仅是为了享受旅行的乐趣。加拿大人对此怎么想，这我未必真能说清楚。必须承认，这些家伙常常说起这次冒险的获利问题，尤其是谈到他们希望得到的分红。可我并不认为他们真正在乎金钱，因为他们是这世界上最纯朴无邪、最谦和厚道的一群人。至于船上的其他人，我绝对相信他们参加这次探险丝毫也没想到要从中获利。在航行的过程中，一种奇妙而明显的感情或多或少地从我们每个人心中油然而生。在文明社会被视为至高无上的金钱，在这蛮荒之地却不值得认真计较，可被视为无足轻重，甚至能够以最不足以成为借口的借口被完全放弃。这次远征的公开目的是为了获取毛皮，但在跋涉了迢迢千里，穿越了茫茫荒野，遭遇了惊心动魄的危险并经历了令人心碎的困苦之后，很少有人还会费心思去保住他们之所获，他们宁可毫不惋惜地丢掉一整船上等河狸毛皮，也不愿放弃探幽访胜的乐趣，他们会沿着某条富有浪漫情调的长河去穷源溯流，他们会钻进某个险象环生的岩洞去探赜索隐，去发现那些他们对其用途一无所知的矿藏，而后来一有机会他们又把到手的矿藏当作废物扔掉。

在所有这些方面，我的心思与其他伙伴非常相同。坦率地说，随着我们越走越远，我发现自己对这次探险的首要目的就越来越感到索然寡味，就越想摈弃初衷去寻求闲情逸致——假若我在欣赏大漠旷野中的奇观美景时心中所感到的那种深挚而强烈的激动真能够被叫作闲情逸致的话。我每次看完一个地方，心中都禁不住燃起想看前面另一个地方的欲望。但我觉得我们离文明社会的距离似乎还太近，还不足以充分享受我挚爱大自然和未知世界的乐趣。我老是禁不住去想，某些文明人的足迹已经在我之前到过我所到的地方（尽管这些足迹很少），某些文明人的眼睛已经在我之前欣赏过我身边的美景。若不是这种情绪时时涌在心头，我肯定会在旅途上消磨更多的时间，我会弃舟登陆去查勘两岸地区的地形地貌，有时说不定还会深入沿途地区之腹地。可我一心急着要继续前进，想尽可能地超出文明社会的疆域。如果可能的话，我要去看看那些我们仅从印第安人的传闻中得知其存在的巍巍大山。我只对桑顿一人吐露过这些潜藏于我心底的希望和向往。他参与了我所有最想入非非的计划，并完全理解那种充满了我整个心灵的浪漫的冒险精神。所以我觉得他罹病是一场痛苦的灾难。他的病情每况愈下，而我们想帮他却心余力绌。

4月16日。今天遇上一场从北方袭来的凄风苦雨，迫使我们一直躲到下午很晚的时候。下午4点开船，到天黑时行了5英里。桑顿的情况非常不妙。

4月17日和18日。这两天天气依然恶劣，从北方袭来的那股寒潮还在继续。河水猛涨，浊浪滔滔，我们看见河中有许多巨大的冰块。天不遂人意，我们没有前进。桑顿看上去已病入膏肓，于是我决定一碰上合适的地方就扎下营，等桑顿的病情有结果之后再重新上路。于是我们在18日中午把船拖进了一条从南边流来的宽阔的支流，并在河岸边搭起了营地。

4月25日。我们在支流岸边逗留到今天早晨，令我们大喜过望的是桑顿的病情大大好转，已经能够上路。天气很好，我们高高兴兴地穿行在一个风光旖旎的地区，一路上没碰见任何印第安人，航行中也没出现任何惊险的情况，直到当月底我们进入曼丹族人的地界，更正确地说是进入曼丹族人、明尼塔里族人和阿拉哈威族人的地界，因为这3个部落所居住的5个村寨互相挨得很近。没有多少年以前，曼丹族人还居住在下游约80英里处的9座村寨里，我们曾在不知其由来的情况下经过那些村寨的废墟——7座位于西岸，两座在东岸。但后来他们因天花和他们的宿敌苏族人而人口锐减，当全部族只剩下少数人时，他们逆流而上迁居到了现在的地方。（罗德曼先生在此对明尼塔里族人和阿拉哈威族或瓦萨图恩族人进行了一番比较详尽的记述，但由于他的记述与有关这些部族的一般叙述大同小异，所以我们将其略去不表。）曼丹族人非常友好地欢迎我们，我们在其村寨附近逗留了3天，其间我们全面修理了小船并检修了其他装备。我们还获得了大量补充食物，一种杂色硬玉米，印第安人把这种粮食贮藏在他们棚屋前面的土洞里过冬。我们与曼丹族人相处期间，一位名叫沃克拉什的明尼塔里族酋长前来拜访了我们，他举止彬彬有礼，并在许多方面为我们提供了帮助。这位酋长的儿子被我们雇为译员，他将陪伴我们到达密苏里河和黄石河的交汇之处。我们送了那位父亲几样礼物，他对礼物非常满意[1]。5月1日我们向曼丹族人告别，继续我们的航行。

5月1日。天气温和，随着数量大大增加的草木之复苏，两岸地区呈现出一派美丽的景象。三叶杨的叶片大如花冠，许多野花也吐艳盛开。河滩低地开始变得比下游开阔，并生长着大量树木。红柳遍地都

1 沃克拉什酋长也被刘易斯和克拉克二位上尉提及，这位酋长也曾拜访过他们。——《绅士杂志》编辑部

是，三叶杨和普通柳树也不少，还有一丛一丛的野蔷薇。越过河滩低地便是一望无际的平原，平原上没有任何树木。两岸土地异常肥沃。鸟兽比我们在下游任何地方见到的都多。我们派了两名猎手沿两岸走在我们前头，今天他们猎回了一头赤鹿、一只山羊、五只河狸和一大堆鹆科鸟。这里的河狸性情温驯，容易捕捉。河狸肉作为食物称得上是道佳肴。其尾巴尤其鲜美，像大比目鱼的鳍一样有点儿黏糊糊的。一条河狸尾巴足够 3 个人饱餐一顿。天黑之前我们行进了 20 英里。

5 月 2 日。今天上午顺风，我们的帆一直扬到中午，直到风太猛我们才收起帆篷并停船避风。猎手们出去没一会儿就猎回了一头巨大的赤鹿，海神追了这头赤鹿好一阵才将其扑倒，因为射出的子弹只让它受了点轻伤。它足足有 6 英尺高。黄昏时还猎到了一头羚羊。这家伙一见人就撒腿飞跑，可几分钟后却停下脚步并往回走，这显然是出于好奇，然后又掉头飞奔。它反复地这样跑跑停停，每停一次猎手便离它更近一步，直到它最后冒险进入步枪的射程，这时预言家一枪把它击倒。这头羚羊很瘦，而且怀着幼崽。羚羊虽说跑起来快步如飞，但涉水游泳十分笨拙，这样它们在横过溪流时就往往会落入狼口。今天行程为 12 英里。

5 月 3 日。今天上午前进的速度很快，到天黑时我们已走了整整30英里。两岸野生动物仍然很多。河滩上躺着无数死去的野牛，我们看见许多狼在吞噬它们的尸体。狼群一见我们靠近就四下逃窜。那些野牛的死因令我们感到大为困惑，不过几星期之后这个奥秘终于被揭穿。当到达一段两岸陡峭的河道之时，我们看见一大群野牛正在泅水渡河，于是便停下来观看它们的行动。它们侧身迎着水流，显然是从上游约半英里处的一个峡谷入水，那里的河岸是斜坡。当游到西岸之时，它们发现没法登上陡峭的河岸，而且河边的水深也够不着底。经过一番挣扎它们仍然没能在又陡又滑的岸壁上找到立足之处，于是它们又转身游向东岸，东岸迎接它们的还是同样不可攀登的峭壁，它们在那里又进行了一番徒然的攀登。然后它们掉头第二次游向西岸，第三次，第四次，第五次，每次都几乎是在同一位置靠岸。它们非但不顺流而下寻找一个更合适的登陆地点（这样一个地点在下游四分之一英里处便可找到），反而像是一心要保持原来的位置，为此它们泅渡时胸部与水流方向形成锐角，并拼命划水以免被冲向下游。当第五次游过河面时，那些可怜的畜生已完全精疲力尽，显然不可能再往回游。这下它们非常害怕地拼命要登上河岸，而且它们中的一两头眼看就要成功，可这时令我们悲哀的是（因为亲眼看见那番悲壮的努力，我们不可能不生恻隐之心），它们头顶上的一大块松土突然整个塌陷，把好几头野牛埋入了水中，而塌陷后的岸壁并不比先前更容易攀登。这时整个牛群开始发出一阵哞哞的悲鸣或者说哀号，其声之惨怛、之绝望令人难以想象，我永远也忘不了那种声音。有些野牛试图再次游过河面，可挣扎几分钟便沉入河底，它们头顶的波涛被它们临死时从鼻孔喷出的鲜血染红。但大多数野牛在悲鸣一阵之后，似乎都消极地屈服于命运，纷纷翻转身四脚朝天，很快就从水面消失。一大群野牛全被淹死，无一幸免。半小时之后，它们的尸体被冲上下游不远处一片平坦的河滩，若不是它们那股愚蠢的牛脾气，它们本可以轻而易举地就在那片河滩安全登陆。

5月4日。天气清爽，从南边吹来了一阵暖和的顺风，天黑之前我们行进了25英里。今天桑顿的身体已恢复到了能帮着划船的程度。下午他陪我一道漫步西岸的大草原，在那儿我们看到各种各样早春的野花，这些花卉在有人烟的地区从未见过。它们中有许多异常美丽并散发着芬芳。我们还看见各种各样的鸟兽，但没有开枪猎杀，因为我们确信猎手们将带回多得吃不完的猎物，而且我并不喜欢滥杀生灵。我们在返回河边的路上偶然遇见了两个阿西奈博因族印第安人，他俩随我们一道走向河边。一路上他俩没表现出任何戒备之心，相反其态度举止均坦率而豪放。所以他俩在河边的那番举动着实令我们吃了一惊，当时我们离小船已近在咫尺，他俩突然猛转身朝大草原飞奔。跑出老远一段距离后他俩才停住脚步，然后爬上了一座俯瞰河边的小土丘。他们在土丘上趴下，用双手托着腮帮，看上去非常惊讶地注视着我们。我从望远镜中能看清他俩的面孔，他俩都显得又惊又怕。两人在土丘上把我们打量了好一阵。最后，仿佛是突然想起了什么，他俩匆匆爬起身，朝着他们最初来的方向一溜烟跑去。

5月5日。今天一大早我们正要起航上路，一大群阿西奈博因人突然向我们的船扑来，并趁我们措手不及成功地夺下了我们的小船。当时小船上只有朱尔一人，他及时跳水逃脱游到推离河岸的大船。这群印第安人是由昨天来过的两位引来的，他们接近我们时的脚步不知有多轻，因为我们的哨兵全然没有察觉，甚至连海神也未能发出警告。

我们正要向敌人开火，这时米斯夸什（沃克拉什酋长的儿子，我们新雇的译员）告诉我们说阿西奈博因人是朋友，他们此刻正在挥手表示友好。尽管我们无论如何也没法认为抢我们的船是一种表示友好的适当方式，可我们还是乐意知道那些人想说什么，于是叫米斯夸什问他们干吗要抢我们的船。对此他们做了大量解释，最后我们发现他们的确无意进一步骚扰我们，而只是想满足一种强烈的好奇心，此刻他们正恳求我们满足他们的这一愿望。事情的经过看来是这样的，昨日行为古怪得令我们吃惊的那两个印第安人被面孔漆黑的托比吓得心惊胆战。他们从前都不曾见过或听说过有黑皮肤的人，所以必须承认，他们的惊吓并非完全无缘无故。而且托比的相貌要多丑陋就有多丑陋，具有他那个种族的所有特征：又宽又厚的嘴唇、又白又突的大眼睛、扁平的鼻子、长长的耳朵、大大的脑袋、滚圆的肚子和一副罗圈腿。当那两个印第安人把他们的奇遇讲给伙伴们听时，所有的人都不相信他俩的天方夜谭，并要把他们作为口是心非的说谎者清除出部落，这时他俩提出领所有的人到船上亲眼看看。刚才的突然袭击似乎只是那些不信谎言的阿西奈博因人之迫不及待造成的结果，因为此后他们再也没表现出丝毫敌意，而且一听说我们愿意让他们好好看看托比，马上就交还了抢去的小船。老托比把这事当作一个开心的玩笑，立刻赤身裸体地下船上岸，以便让那些好奇的野蛮人看个够。观者的惊讶和满足都达到了极点。开始他们不敢相信自己的眼睛，纷纷用吐上唾沫的手指去擦托比的皮肤，以确信他身上的黑色不是涂的颜料。托比那头浓密的短卷发引起了阵阵喝彩，他那副罗圈腿更令观者赞叹不已。我们这位丑陋的朋友用一段轻快的吉格舞把观赏仪式推向了一个高潮。此时惊叹已是登峰造极，赞赏已经无以复加。要是托比有那么一星一点的野心，他完全可以趁此机会当上阿西奈博因人的国王，作为托比王一世开始他永久的统治。

这件事一直把我们耽搁到下午。与那些野蛮人相互客套一番并交换礼物之后，我们接受了他们提供的由 6 个人帮我们划桨 5 英里的援助，一种极合我们心意的援助，我们没有忘记为此而感谢托比。今天我们只行了 12 英里，天黑时宿营在一座美丽的河心岛上，我们将长久地记住那座小岛，记住它为我们提供的美味可口的鱼和野鸡。我们在这个可爱的地方逗留了两天，终日饱尝珍馐，尽情作乐，几乎不去考虑明天，也很少去理会在我们周围嬉戏的无数河狸。我们在该岛本可以不费吹灰之力就获取一两百张河狸皮，可事实上我们只获取了大约 20 张。此岛位于一条从南边流来的还算宽阔的支流之河口，密苏里河在此转向朝正西方延伸。纬度大约是北纬 48 度。

5 月 8 日。天清气爽，一路顺风，航行了 20 或 25

英里之后，我们看见了一条从北岸汇入的大河。但那条河汇入密苏里河的入口非常狭窄，宽不过十一二码，看上去淤塞得很厉害。可进入河口稍稍溯流而上，一条秀丽而雄浑的河流便展现在眼前，它宽约七八十码，水很深，穿过一条美丽的山谷，两岸到处都是野生鸟兽。我们的新向导告诉了我们这条河的名称，可我没能把它记住。[1]罗伯特·格里利在这儿猎到了一些野鹅，这些野鹅把它们的巢筑在树上。

5月9日。今天，在离河岸不远的许多地方，我们都发现土表面覆盖着一层白色的物质，后来证明那是一种很咸的盐。由于航道多阻，我们只前进了十五英里，晚上宿营在岸边一些三叶杨和金花灌木丛间。

5月10日。今天天寒风大，但刮的是顺风。我们行进得很快。这个地区山势嵯峨，巉岩嶙峋，有些峭壁屹然突兀，在波涛的拍击下似乎摇摇欲坠。我们拾到了好几块木化石和骨化石，裸露的煤随处可见。河道弯弯曲曲。

5月11日。今天大部分时间都在躲飑避雨。日近黄昏时雨过天晴，并伴有一阵顺风，我们乘风扬帆航

1 大概就是白泥河。——《绅士杂志》编辑部［【译者按】白泥河（White-earth River），发源并流经北达科他西北部的一条河，全长80公里。］

行了10英里才宿营。顺河边捕到几只肥硕的河狸，还在岸上猎杀了一头狼。它似乎是从正徘徊于我们周围的一大群狼中失散的一头孤狼。

5月12日。今天航行了10英里后便于中午靠上一座陡峭的小岛，以便对一些装备进行检修。当我们正要离岛上船时，走在我们前头几码远的一个加拿大人突然尖叫一声就从我们眼前消失。我们立即冲上前去，结果发现他只是跌进了一个探险者留下的空地窖，我们忍不住大笑了一阵，并很快把他拉了上来。不过，他要是孤身一人的话，就很难说他是否能爬出那个深洞。我们仔细搜查了地窖，可除了几只空瓶子什么也没发现。我们甚至没找到一样东西能告诉我们曾经在这儿贮藏物品的探险者是法国人、英国人，还是美国人，对此我们感到几分好奇。

5月13日。航行了25英里之后到达黄石河与密苏里河的交汇处。米斯夸什在这里告别我们回家了。

第六章

与我们已经习惯的景象相比，过去两三天我们经过的地区可谓满目凄凉。大体上说，这个地区比下游平坦，河边的树木也比下游多，河岸远方则树木稀少或压根儿没有树。凡河岸陡峭之处我们都发现有煤蕴藏的迹象，我们还看到了一个又大又厚的露天沥青煤矿床，它把下游好几百码内的河水都染得乌黑。现在水势比以前平缓，河水也比下游清澈，尽管河道比下游任何一段都更难航行，但伸入河中的巉岩和浅滩大大减少。一直阴雨连绵，河岸滑得令拉纤的人几乎没法行走。天也太冷，登上河边的一些小山，我们发现岩缝和山沟里都有不少积雪。我们曾看见南岸远处有几座印第安人的营帐，它们看上去像是临时住地，而且是最近才被放弃的。这一地区看不见任何永久居住地的迹象，但似乎是附近印第安人狩猎的好地方，我们在各处发现的追猎痕迹证明了这一点。众所周知，密苏里河上的明尼塔里族人追猎的范围可达黄石河与密苏里河交汇处之南岸，而阿西奈博因人则更深入上游地区。米斯夸什曾告诉我们，从我们现在的营地到落基山脉之间，除了居住在萨斯喀彻温河以南地区的明尼塔里族人的狩猎棚外，我们将碰不到任何住户。

野生动物数量很多，而且种类也不少，有赤鹿、野牛、盘羊、黑尾鹿、熊、狐以及河狸等，还有大量禽鸟。鱼也满河都是。河面的宽度变化很大，有时宽至250码，而在急流穿过峭壁处却宽不过100英尺。这些峭壁的表面通常由一种淡黄色的砂岩构成，其中混有红土、浮石和矿盐。这个地区有段河道的景象格外奇特，那里两岸的小山退向远方，河中星罗棋布地点缀着许多美丽的小岛，小岛均被三叶杨覆盖。河滩低地看上去非常肥沃，北岸的河滩又宽又低，伸延进三个开阔的山谷。这儿似乎就是密苏里河在其间穿行了很久的那座山脉的北尽头，该山脉被印第安人称为黑山[1]，从山区到平原的变化可由空气感觉，空气现在变得干燥而纯净。其干燥程度不仅可从我们携带的不多几件测量仪器得知，而且还能够从我们船上的裂缝看出。

当我们逼近两河交汇处之时，雨开始下得很大，河道中的阻碍也令我们吃尽了苦头。有些地段河岸太滑，而且泥土又软又黏，以至拉纤的人不得不赤脚，因为穿着鹿皮靴无法行走。河滩上还布满了积水坑，拉纤者只能从中蹚水而过，有时积水深至腋窝。我们还不得不越过一些由尖角燧石构成的巨大的浅滩，那些燧石看来好像是整道整道的悬崖坍塌后留下的残骸。我们偶然也遇上陡峭的峡谷，或者叫冲沟，这时我们得费上九牛二虎之力方能通过，有次在试图通过这样一个峡谷之时，大船的纤绳（已磨损得很厉害）失去控制，让船被急流卷到河心一堆暗礁处团团打转。那

1　即布莱克山（Black Hills）。

里水很深，我们只有靠小船帮忙才能使大船摆脱出来，而做到这一点足足花了我们6个小时。

我们曾经过矗立在南岸的一道黑岩峭壁，它高耸于一般峭壁之上，沿河伸延了约四分之一英里。过这道岩壁之后是一片开阔的平地，平地顺着河边铺展了3英里左右，随之又是一道色泽稍浅一点的岩壁，足足有200英尺高。此后又是一片平原或者凹地，接着是另一道形状非常奇特的岩壁屹立在北岸，它大概有250英尺高,约12英尺厚,其形状之规则就像是由人工筑成。这些峭壁的外观的确非常奇特，它们全都从水中兀然直立。最后说到的那道岩壁由雪白而松软的砂岩构成，这种砂岩很容易被水分解。所有岩壁的上部均呈现出几条类似饰带或飞檐的细细的水平凸层，这些凸层由夹在岩壁中的一种坚硬的白砂石构成，不易受雨水侵蚀。岩壁顶上是一种黑色沃土，沃土逐渐向后倾斜，伸延到离河边约1英里外，那里有一些小山拔地而起，小山足有500多英尺高。

正如所能推测的一样，雨珠滴淌在这种松质砂岩上使岩壁表面形成了许多纵横交错、千变万化的纹路，以至于丰富的想象力很容易把岩壁想象成一座座被人竖起的巨大的纪念碑，上面刻着用象形文字写的题铭。岩壁上不时还出现一个个完整的壁龛（就像我们在一般神庙里看见的那种放置神像的壁龛一样），这种壁龛之形成是由于一大块碎裂的砂岩整体剥落。有几处岩壁上还显露出一级级台阶和长长的走廊，因为白砂石飞檐偶然出现的裂缝碰巧让雨水均匀地滴淌在下面的岩壁上。我们经过这些奇异的峭壁时正值皓月当空，我绝不会忘记它们在我们心中引起的联想。它们看上去宛如神殿魔宫的高墙（与我所梦见的丝毫不差），筑巢于壁洞间的岩燕之啁啾也大大地加深了这种印象。除了这些高墙之外，沿岸间或还能看到一些低垣矮壁，它们的高度从 20 英尺到 200 英尺不等，厚度从 1 英尺到 15 英尺各异，其形均规则匀称，其状皆峭拔挺直。这些低垣矮壁由无数黑乎乎的大石块构成，石块之成分显然是壤土、沙粒和石英，虽说石块大小不同，但其形状绝对匀称。它们一般是正方形，但有些是长方形（都是平行六面体），一块一块地重叠得非常规则，仿佛是由一个泥瓦工砌成。每块位于上层的方石都压住下面两块方石的接缝，并使之稳固，就像通常砌砖墙一样。有时这些奇异的石墙平行而立多达四排；有时它们离河边而退直到消失在远处的山间；有时它们相互成直角交叉，好像是要围成一个大花园，花园中的草木往往给人一种幻觉，仿佛它们早就存在于记忆之中。石墙越薄，构成石墙的方砖就越小，反之亦然。

我们认为，密苏里河在这一河段为我们展现的风光即使在我们当时已见过的景色中说不上最美，但也完全可以说最令人吃惊。它在我心中留下了一种全新的印象，一种奇妙的印象，一种绝不可能被磨掉的印象。

两河交汇处已遥遥在望之际，我们曾经过一座偏向北岸的又大又美的河心岛，过此岛一又四分之一英里后见南岸有一片林木葱郁的河滩低地。过低地之后又遇见几座小岛，我们在每座小岛都停靠了几分钟。然后我们见到了耸立于北岸的一道乌黑的峭壁，接着又经过了两座我们看不出有何特征的小岛。再行进几英里之后，我们到了一座还算挺大的岛屿，该岛靠近一壁巉峻的岩岬，此后又经过了两座稍小一点的岛。所有的这些岛屿都绿树成荫。那是在5月13日天黑之时，米斯夸什指给我们看的一条大河的河口，此河在文明社会被称为黄石河，但印第安人叫它阿马蒂萨。[1] 我们在南岸一块长满三叶杨的美丽的平地上扎下了营盘。

5月14日。今天我们大家都醒得很早，而且都立即起了床，因为我们现在到达的汇合口是一个非常重要的地方，它要求我们在继续航行之前必须进行一番

1 此说似乎有点儿出入，不过本刊认为没必要更正，因为出错的毕竟有可能不是罗德曼先生。（根据刘易斯和克拉克的叙述）阿马蒂萨是明尼塔里族印第安人取的河名，但此名不是称黄石河，而是称密苏里河。——《绅士杂志》编辑部

勘察，以确定两条大河中哪一条更适合作为我们继续前进的通道。看来我们全队都有一个共同的心愿，那就是顺着这两条河中的一条溯源而上直达落基山脉，我们也许有可能在山中找到那条印第安人叫作阿雷根河的大河之源头，凡是跟我们交谈过的印第安人都说，那条大河一直流进巨大的太平洋。我也非常急切地想实现这一目标，它已经使我想象到了许许多多激动人心的冒险，但我也预见到了我们必然会遇到的无数困难，因为眼下我们对将要穿越的那个地区以及居住于该地区的野蛮人都了解得很少。关于后者，我们实际上只听说他们一般都是北美印第安人中最凶猛残忍的部落。我还担心我们会选错河道，从而陷入没完没了、难以摆脱并会使人绝望的困境。不过我没有一味地沉溺于这些担忧，而是立即着手安排勘察周围地区。我派出一些人分别沿两条河去探测水流量，自己则带着桑顿和约翰·格里利出发去汇流口之高地，从那儿可以俯瞰周围地区的全貌。我们在高地上看到脚下一片美得惊人的土地朝四面八方伸延进一块辽阔的平原，平原上芳草萋萋，绿浪起伏，其间游荡着无数野牛和狼，偶尔也可见赤鹿和羚羊。极目南方，平原被一道白雪皑皑的高山山脉阻断，山脉从东南方向朝西北方向迤逦而来，并陡然而止。在此山之后，一道更高的山脉伸向西北方的地平线。两条大河均呈现出最迷人的景象，它们宛如两条巨蟒蜿蜒逶迤，越来越细地伸向远方，最后像两根银线消失在天边的朦朦雾霭之中。从那么远的距离我们没法探明它们最终的去向，走下高地时我们心中全然不知所措。

对两条河的勘察也不尽如人意。北边的一条河水更深，但南边的一条则河面更宽，两条河的水量相差无几。前者具有密苏里河的全部特色，但后者之河床则铺有一层通常发源于山区的河流所特有的小圆石。最后我们从利于航行的角度考虑决定沿北边那条河继续前进，尽管我们发现该河中越来越多的浅滩要不了几天就会迫使我们放弃大船。我们在营地逗留了 3 天，其间猎获了大量毛皮，我们在汇流口下游 1 英里处的一座小岛上精心挖了一个地窖，把这些毛皮和原有的物品一道都贮存在那里。[1] 我们还猎回了大量猎物，其

---

1 这种地窖是猎取毛皮者和毛皮商常挖的一种土洞，他们在暂时离开期间把毛皮和其他货物存放在里面。挖洞前先选定一干燥隐蔽之处。然后在地面上划出一个直径约两英尺的圆圈，将圈内草皮小心翼翼地移置一旁。接着垂直向下挖一英尺，此后便逐渐向周围加宽，直到挖成一个八九英尺深、六七英尺宽的洞穴。被挖出的土均小心地堆在一张兽皮上，以免在草丛间留下挖掘的痕迹，当地窖完工之后，多余的土就被抛进水中或用其他方式掩藏。地窖里铺一层枯枝干草或兽皮，几乎任何干货均可成年累月地贮藏在里面而不会变质。当货物堆进之后，先盖上一张牛皮，再填上泥土并踩紧，最后把移开的草皮置回原处，并在附近的树上或其他地方留下暗记，以指示贮藏所的准确方位。——《绅士杂志》编辑部

中鹿最多，我们腌制了一些腰腿肉以备将来所用。在营地附近我们发现了许多仙人果，并在低地和峡谷看到了无数黄醋栗和红醋栗（尚未成熟）。野蔷薇正开始绽蕾吐艳，散发出阵阵沁人心脾的幽香。我们于5月18日清晨愉快地离开了我们的营地。

5月18日。天气温和宜人，尽管遍布河中的浅滩突岬不时阻道，但我们仍然高高兴兴地前进。我们每一个人都热情奔放，都下定决心要坚忍不拔，一路上大家谈论的唯一话题就是落基山脉。埋藏了我们的毛皮之后，两条船都大大地减轻了负重，我们发现这样过急流险滩比载着那些毛皮要轻松得多。河中仍然多岛，而我们几乎每岛必靠。天黑时我们到达了一座被印第安人丢弃的营帐，营帐靠近一些黑黏土陡崖。夜里不断受到响尾蛇骚扰，天亮之前下了一场瓢泼大雨。

5月19日。没走出多远我们就发现这条河有了很大的变化，河道频频被沙洲阻塞，更正确地说是被碎石滩阻塞，以至大船每过一滩我们都得历尽千辛万苦。我派出两人去上游地段查勘情况，他们回来说上游有一条更宽更深的水道，于是我们再次受到鼓舞要坚持前进。推进了10英里之后宿营在一座小岛上过夜。我们看到南岸远方有一座奇特的山，山呈锥形，卓然独立，覆盖着皑皑白雪。

5月20日。我们现在进入了一条更适宜行船的水道，几乎一路无阻地前进了16英里，穿过了一个奇异的黏土地带，那一带基本上没有草木生长。晚上我们在一个很大的岛上宿营，岛上覆盖着高高的树木，其中许多树我们从未见过。为了修理小船，我们在该岛逗留3天。

在此逗留期间发生了值得记下的事。密苏里河这一段的河岸非常陡峭，陡岸由一种青灰色黏土构成，这种黏土在雨后特别滑溜。从河床向后倾斜至离河岸100码左右的陡崖形成一级一级的河流阶地，阶地被无数又深又窄的沟壑纵切斜割，由于在某个遥远的时期水的侵蚀作用非常强烈，结果狭窄的沟壑看上去像是人工凿成的运河，这些运河汇入主流之河口形状十分奇特，若借着月光隔岸观望，它们宛如一根根矗立在河边的巨柱。若站在阶地最高一级朝下看，从崖顶到水边的陡壁则显出一派混沌而阴沉的景象。崖壁上看不见任何植物。

一天清晨吃过早饭之后，约翰·格里利、预言家、翻译朱尔和我一道出发去南岸的阶地之顶，想看看我们周围的情况，简单说就是想看看所能看到的。经过艰难而小心的攀登，我们终于到了我们营帐对面崖壁顶上的平地。就一般特征而言，这里的草原与别处的有所不同，从崖顶向后的好几英里内都密密丛丛地生长着三叶杨、野蔷薇、红柳和阔叶柳。这里的土很松散，有些地方还有湿地沼泽，就像河滩低地的那种。这种土是一种黑乎乎的壤土，含有三分之一细沙，抓一把这样的土抛进水中，它会像糖一样冒着气泡溶解。我们还在好几个地方看到厚厚的盐层，并带了一些回船上食用。

登上崖顶平地后我们都坐下来歇气，可还没有坐稳就只听身后茂密的矮树丛中传来一声可怕的咆哮。我们心惊胆战地一跃而起，因为为了攀登陡崖时少点累赘，我们都把步枪留在了岛上，现在身边只带着手枪和匕首。我们还来不及互相说句话，就看见两头巨大的棕熊从野蔷薇丛中钻出，张着血盆大口朝我们扑来（这是我们在旅途中第一次遇上棕熊）。印第安人非常畏惧这种庞然大物，因为它们的确是可怕的猛兽。它们力大无穷，凶猛无比，而且令人难以置信地命大。枪弹几乎不可能将它们击毙，除非是正好射穿其脑门，可它们的脑门上不仅突着一块厚厚的额骨，而且还有两大块肌肉保护。迄今已知有棕熊在肺部被击穿五六处而且心脏也重伤的情况下仍然活了好几天。我们当时还从来没有遇上过棕熊，尽管早已见过它们留在泥地和沙滩上的脚印,那些脚印不算其利爪也有1英尺长，而且足足有8英寸宽。

我们现在的问题是何去何从。用身边的轻武器与之搏斗简直是发疯，想朝大草原方向逃跑也是愚蠢之举，因为不仅棕熊正是从那个方向朝我们扑来，而且从崖边不远处开始，多刺的蔷薇和低矮的红柳就密得让我们休想穿过。如果我们沿着崖顶边缘与树丛之间的狭窄地带顺河而逃，那棕熊很快就会把我们抓住，因为湿如沼泽的地面会陷住我们的脚，而棕熊宽大的脚掌走在上面却如履平地。说时迟，那时快。当时所有这些想法似乎是在一瞬间闪过我们每个人的脑海，因为我们都不约而同地立即冲向崖边，几乎没去想陡崖的危险。

第一段崖壁有三四十英尺高，不算太陡，而且其黏土表面掺和着一些崖顶平地的壤土，所以我们比较容易就下到了第一个平台，两头棕熊气急败坏地紧追不舍。当时我们压根儿就没时间犹豫。我们面临的只有两种选择，要么是在那狭窄的平台上与两头发怒的巨熊搏斗，要么是接着下第二段崖壁。第二段崖壁几乎是垂直而下，有六七十英尺高，全由那种青灰色黏土构成，而且当时正逢雨后，壁面光滑得就像玻璃。那个加拿大人已吓得失去理性，不管三七二十一就跃向崖边，以极快的速度向下滑去，巨大的惯性作用接着把他抛下了第三段陡崖。我们再也看不见他，并理所当然地认为他已丧命，因为我们毫不怀疑他会一段陡崖接一段陡崖地坠滑下去，直到最后一头栽进河中，整段坠滑距离至少有 150 英尺。

假若朱尔不是以这种方式坠滑，当时穷途末路的我们很可能也会铤而走险进行下滑的尝试，但他的命运使我们产生了动摇，而就在我们犹豫不决之时，那两头巨熊也下了第一段陡崖。这是我平生第一次这么近地面对真正的猛兽，我可以毫无顾虑地承认，我当时的确吓得魂不附体。有那么一刹那，我觉得自己仿佛就要昏死过去，但格里利被熊抓住时的一声尖叫使我振作起来，而我精神一旦振作，马上就从搏斗中体验到了一种疯狂而野蛮的快感。

当时一头熊到达我们所站的那道狭窄的壁架后，马上就冲向格里利并把他扑倒，然后它俯身在他上方，用巨大的尖牙咬穿了他外套的胸部。幸亏风冷，他穿着厚外套。另一头熊与其说是爬下峭壁不如说是滚下陡崖，其势之猛使它到达平台后站不稳脚跟，结果它右侧半个身子悬在了陡崖上。它横着身子狼狈地挣扎着用左侧两条腿紧紧抓住崖边，同时用嘴咬住了沃姆利的脚后跟。一时间我吓得六神无主，因为沃姆利为摆脱熊嘴而进行的拼命挣扎有助于那头熊重新爬上平台。我像上文所说的那样吓得目瞪口呆地站在那里，眼睁睁地看着两位同伴被熊咬住，自己却没有能力给予丝毫援助，这时沃姆利被咬住的那只鹿皮靴突然滑落，悬在崖边的那头熊一头栽向第二级平台，不过这次它终于凭着其利爪稳住了身体，没有继续再往下滑。就在此刻格里利尖声呼救，预言家和我应声冲了过去。我俩双双拔出手枪朝那头熊的脑袋开火，而我深信我射出的子弹肯定穿透了那家伙头盖骨的某个部分，因为我的枪口几乎已贴着它的耳朵。可它似乎并没有受伤，反而变得勃然大怒，开枪的唯一效果就是它丢开了格里利（他安然无恙）向我俩扑来。现在我们能依靠的就只剩下匕首，甚至冒险下第二级平台的退路也被另一头熊阻断。我们背贴着峭壁，准备进行一场殊死搏斗，心里也没指望格里利来援助（我们以为他受了致命伤），就在我们感到熊嘴里热乎乎、臭烘烘的气息已喷在我们脸上之时，我们听到了一声枪响，那个庞然大物应声倒在了我们脚边。我们的救助者曾多次与熊搏斗，他不慌不忙地把手枪对准了熊的眼睛，结果子弹穿透了熊的脑门。

这时我们朝下张望，只见跌在下面的那头熊正徒然地想爬上崖壁，松软的黏土承受不住它的利爪，它一次又一次地重重摔下。我们试着朝它开了几枪，却没有伤它一根毫毛，于是我们决定让它留在那儿喂乌鸦。我看不出它有法子能逃离那个地方。我们顺着我们所在的那道壁架爬行了将近半英里，最后终于找到一条途径登上了崖顶的草原，并设法在当天夜里返回了营地。朱尔早已活着回到了岛上，但他已严重摔伤，所以他未能清楚地告诉其他人他自己的遭遇和我们的处境。他滑到第三个平台时坠入了一条深沟，最后挣扎着从沟底回到了河边……